GW01607730

OURIKA

Professeur de littérature française à l'université Suor Orsola Benincasa de Naples, spécialiste de la civilisation française des XVIIe et XVIIIe siècles, Benedetta Craveri est l'auteur notamment de *Madame du Deffand et son monde* (Seuil, 1986), *L'Âge de la conversation* (Gallimard, 2002), *Reines et favorites, le pouvoir des femmes* (Gallimard, 2007) et *Marie-Antoinette et le scandale du collier* (Gallimard, 2008).

MADAME DE DURAS

OURIKA

Présentation, notes, chronologie et bibliographie
par
Benedetta CRAVERI

Présentation traduite de l'italien
par
Isabel VIOLANTE

GF Flammarion

ISBN : 978-2-0804-8475-8

PRÉSENTATION

La duchesse de Duras, ou l'harmonie brisée

Pour Bernard Minoret, qui m'a encouragée à écrire ces pages avec l'affection et la gratitude de toujours.

Parmi les marchandises exotiques que le chevalier de Boufflers, gouverneur du Sénégal, entassa dans le navire qui le ramenait en France à l'été 1786, les singes et la plupart des perroquets ne survécurent pas à la traversée, mais des espèces se montrèrent plus résistantes et purent rejoindre les demeures des grands seigneurs à qui elles devaient être offertes. « Il me reste une perruche pour la reine », écrivait le chevalier, quelques semaines après avoir débarqué, à sa maîtresse, Mme de Sabran, en dressant l'inventaire de ses dons, « un cheval pour le maréchal de Castries, une petite captive pour M. de Beauvau, une poule sultane pour le duc de Laon, une autruche pour M. de Nivernois [1] ».

Il ne faut point s'étonner si le sérail du chevalier comptait aussi une enfant, considérée à l'instar d'un cheval ou d'une volaille. Depuis plus d'un siècle, il était en vogue dans les grandes familles de France et d'Angleterre de faire porter leur livrée par de petits domestiques de couleur, et bien que l'usage fût en train de se répandre avec le développement de la traite des nègres, les diplomates et les voyageurs européens étaient parfois poussés par des raisons humanitaires à acheter sur le marché des esclaves de petits orphelins noirs, pour les envoyer ensuite dans leur propre patrie. Certes, leur destinée allait

1. La comtesse de Sabran et le chevalier de Boufflers, *La Promesse. Correspondance 1786-1787*, édition établie et présentée par Sue Carrell, Tallandier, 2010, p. 218.

continuer à dépendre du penchant à la pitié de leurs nouveaux maîtres et des caprices du hasard, mais servir en terre d'exil, être condamné à vieillir seul, loin de son peuple, était préférable à la vie qui attendait les esclaves dans les plantations d'outre-mer. Et pourtant, l'idée d'avoir échappé à un pire sort n'entraîne pas nécessairement de sentiment de gratitude à l'égard des maîtres, et encore moins de résignation. Songeons à Zamor, l'esclave indien qui, entré encore enfant au service de la comtesse du Barry, la dernière favorite de Louis XV, avait été son page dans les années de faste à Versailles, mais qui en 1789 se transforma dans le plus implacable des persécuteurs, en la dénonçant auprès du tribunal révolutionnaire qui devait l'envoyer à l'échafaud.

Dans la mesure des intérêts économiques de son pays, Boufflers s'était montré sensible au drame de l'esclavage, et au cours de sa mission au Sénégal il avait envoyé en France, comme cadeau à ses amis et connaissances, plusieurs enfants de couleur. Seule Ourika, sa dernière acquisition, la petite captive destinée aux princes de Beauvau, devait laisser une trace, en défiant avec ses malheurs la bonne conscience des Lumières et en inspirant à Claire de Duras son premier roman. C'est en effet grâce à une dame de la haute société qui s'était reconnue dans sa douleur qu'une femme noire, amaigrie et malade, prenait la parole du fond du couvent où elle avait cherché refuge, pour narrer l'insurmontable isolement auquel l'avait condamnée la pigmentation de sa peau au sein de la société la plus cosmopolite d'Europe. Et c'est justement son incarnation romanesque qui allait lui offrir, *post mortem*, une nouvelle patrie, en donnant enfin à cette paria parmi les parias, à cette humiliée parmi les humiliés, une citoyenneté de plein droit dans l'imaginaire romantique.

À vrai dire, l'enfant que le chevalier de Boufflers avait ramenée dans ses bagages n'aurait pu espérer un accueil meilleur que ce que lui réserva l'hôtel de Beauvau. Ourika devint aussitôt « un objet d'intérêt, de goût, de tendresse » pour le maréchal, et elle avait inspiré à la maréchale « la tendresse d'une véritable mère [1] » ; à quoi elle répondait par son attachement

1. Marie-Charlotte de Beauvau, *Souvenirs de la Maréchale princesse de Beauvau*, Techner, 1872, p. 147.

sincère. Mais la mort qui l'avait doucement emportée à l'âge de seize ans l'avait-elle vraiment préservée, comme semblent le suggérer les *Souvenirs* de Mme de Beauvau, des humiliations que sa couleur de peau lui réserverait à l'âge adulte ? Sa mort n'avait-elle pas été causée, comme le voulait la rumeur qui courait dans le beau monde parisien, par son amour malheureux pour un neveu de sa protectrice ? Nous ne savons pas si, quand des années plus tard elle évoquait la destinée de la petite Sénégalaise, Mme de Duras avait une réponse à ces questions : toujours est-il que le récit qu'elle en fit pour les hôtes de son salon fut tellement captivant que ceux-ci lui demandèrent de le mettre par écrit [1]. C'était en 1820 ; à quarante ans révolus, Mme de Duras naissait à la littérature, et en quelques brèves années elle allait écrire trois romans mémorables : *Ourika*, *Édouard* et *Olivier*.

Avant de plonger dans la lecture d'*Ourika*, il convient de faire un pas en arrière et de rappeler qui était cette romancière « dilettante » qui, en pleine Restauration, sut unir « quelque chose de la force de la pensée de Mme de Staël à la grâce du talent de Mme de La Fayette [2] », comme devait l'écrire Chateaubriand à sa mort. À l'esprit des Lumières et à l'élégance formelle du Grand Siècle, Mme de Duras joignait l'intelligence douloureuse d'une solitude intérieure perçue non pas, à l'instar de René, comme le signe de distinction des âmes supérieures, mais comme un renoncement subi. Et c'est justement cette vie intense qui enseigna à Mme de Duras la connaissance

1: Ce n'est pas un hasard si l'anecdote nous est rapportée par Sainte-Beuve lui-même, qui l'avait recueillie de vive voix de la duchesse de Rauzun, fille cadette de Mme de Duras. Qui mieux que cette élégante maîtresse de maison qui se saisissait de la plume avec tant de naturel pouvait illustrer la thèse que le grand critique était alors en train d'élaborer, d'une civilisation littéraire française connotée par la circularité entre conversation et écriture ? (Sainte-Beuve, *Madame de Duras*, in *Portraits de femmes*, édition présentée, établie et annotée par Gérald Antoine, Gallimard, « Folio classique », 1998, p. 112).

2. François René de Chateaubriand, *Mémoires d'outre-tombe*, édition établie par Maurice Levaillant et Georges Moulinier, Gallimard, « Bibliothèque de la Pléiade », 2 vol., 1951, vol. 1, p. 931.

implacable de cette pathologie de la passion amoureuse qui est au cœur de son œuvre.

Née en 1777 à Brest, Claire Louise Rose Bonne Lechat de Kersaint était la fille de l'amiral Armand Guy Simon de Coëtnempren, comte de Kersaint, et de Claire Louise Françoise de Paul d'Alesso d'Éragny. Son père, officier de marine, descendant d'une famille de l'ancienne noblesse bretonne, fier de ses origines, courageux, ouvert cependant aux idées nouvelles, s'était distingué au service de la France. Il avait suppléé à la faiblesse de sa fortune familiale en épousant une riche héritière créole, rencontrée au cours d'une mission en Martinique. L'affection que les époux Kersaint éprouvaient pour leur fille unique n'avait pas suffi à souder le couple, clivé par l'incompréhension réciproque liée à deux cultures aussi distantes que la bretonne et la créole. Tandis que Mme de Kersaint sombrait dans la mélancolie et l'isolement, son mari se lançait sur la scène politique, et prenait le parti des révolutionnaires. En 1789 il publia *Le Bon Sens*, un pamphlet anonyme où il attaquait violemment les privilèges de la noblesse et du clergé, et en 1790 il fonda la Société des Amis de la Constitution et de la Liberté, se liant aux Girondins et siégeant d'abord à l'Assemblée constituante, puis à l'Assemblée législative. La conscience des risques qu'il encourait et le désir de protéger les intérêts de sa femme et de sa fille l'amenèrent, en mai 1792, à formaliser l'échec de son mariage par une séparation légale.

À cause de la suppression des couvents, Claire avait dû quitter le collège de Panthémont, l'un des plus recherchés de Paris, où elle étudiait depuis deux ans. En janvier 1793, Kersaint, en tant que député de la Convention, vota contre l'exécution de Louis XVI (« Comme législateur, l'idée d'une passion qui se venge ne peut entrer dans mon esprit. L'inégalité de cette lutte me révolte [1] »), et sa femme et sa fille décidèrent aussitôt de chercher refuge en Martinique. Le 4 décembre de la même année, l'amiral fut condamné à mort et ses biens séquestrés. Claire et sa mère apprirent son exécution par les marchands de journaux qui clamaient la nouvelle dans le port de Bordeaux, où les deux femmes devaient s'embarquer pour Philadelphie.

1. Cité par Agénor Bardoux, *La Duchesse de Duras*, Calmann-Lévy, 1898, p. 29.

C'est sous ce signe tragique que commença un périple qui conduisit la mère et la fille d'abord en Martinique, en passant par l'Amérique du Nord, puis, en retraversant l'Atlantique, en Suisse, et enfin, en 1795, à Londres. Au moment du départ Claire avait seize ans, mais les conditions de santé de sa mère lui firent assumer les responsabilités d'un chef de famille. En Martinique, grâce aux relations de sa mère avec la comtesse d'Ennery, sa cousine, dont le mari avait été gouverneur des îles Sous-le-Vent et dont la mémoire était toujours vénérée aux Antilles, elle parvint à recouvrer une bonne partie du patrimoine maternel, ce qui lui permit d'affronter les longues années d'exil londonien en compagnie de sa mère et de sa tante d'Ennery, qui était venue habiter avec elles, dans des conditions matérielles nettement plus avantageuses que la plupart de ses compatriotes, souvent réduits à la misère et contraints à vivre au jour le jour. Et bientôt un nouvel héritage devait accroître considérablement son patrimoine.

Intelligente, curieuse, pleine d'énergie, Claire s'adapta rapidement à l'Angleterre. Elle en admira les institutions, elle en apprit la langue, la littérature, les usages, elle s'appliqua à vivre dans l'instant présent mais, comme elle devait l'écrire des années plus tard, le souvenir de cette époque la marqua de façon indélébile : « Ceux dont la jeunesse a vu la Terreur n'ont jamais connu la franche gaîté de leurs pères, et ils porteront au tombeau la mélancolie prématurée qui atteignit leur âme [1]. » À Londres, face aux passions, aux jalousies, aux rancœurs qui déchiraient en différentes factions les émigrés français, Claire fit ses premières expériences des conflits et des préjugés qui devaient caractériser la vie politique sous la Restauration. Elle s'en souviendrait plus tard avec une perspicacité certaine : « Je vis là ce que j'ai souvent remarqué depuis, c'est qu'on se sépare dès qu'il est question d'approuver. Chacun était du même avis pour détester les crimes de la Terreur et pour désirer le renversement du gouvernement actuel ; mais si l'on mettait la conversation sur les causes de la Révolution, personne ne s'entendait plus ; et cette conversation, qui revenait souvent, amenait toujours de violentes disputes. Alors, on retrouvait les vieilles erreurs ; les membres de l'Assemblée constituante se séparaient

1. Cité in *ibid.*, p. 54.

de nouveau. Il y avait le côté droit et le côté gauche, et les *modérés, qui, suivant l'usage, étaient détestés par tout le monde*[1]. »

Claire elle-même, malgré la protection qui lui venait de la vaste colonie créole, si solidaire et unie[2], en tant que fille du constitutionnaliste Kersaint n'était pas à l'abri de commentaires malveillants ; c'est probablement dans le microcosme de l'émigration qu'elle avait constaté combien la persistance des préjugés anciens et modernes pouvait peser sur la destinée des individus. Une trentaine d'années plus tard, dans la splendide nécrologie qu'il lui consacra, le baron de Barante devait écrire : « Sans amertume contre la société, elle a montré comment ses lois et ses distinctions pouvaient cruellement opprimer les plus naturelles et les plus pures émotions de l'âme[3]. »

La plus naturelle et la plus pure émotion de l'âme que pouvait désirer une jeune femme de cette fin de siècle exaltée et sentimentale était bien évidemment l'amour, et Claire en fit l'expérience à vingt ans, lorsqu'elle tomba amoureuse de l'homme qui avait demandé sa main. Mais son idée du mariage devait se révéler très différente de celle qui avait poussé Amédée Bretagne-Malo de Durfort, marquis puis duc de Duras, à la conduire à l'autel le 27 novembre 1797.

Amédée de Duras portait non sans fierté un des noms les plus illustres de la noblesse de cour, et sentait fortement la responsabilité de tenir haut l'honneur d'une famille décimée et réduite à la misère par la Révolution. Il était un serviteur fidèle de la monarchie : ayant succédé à son grand-père comme premier gentilhomme de la chambre de Louis XVI, en 1791 il fut envoyé en mission secrète à la cour de Vienne, et reçut du souverain même l'ordre de ne pas revenir en France. Après avoir servi dans l'Armée des Princes, il était passé en Angleterre et en 1795 avait été nommé premier gentilhomme de la chambre

1. Cité in *ibid.*, p. 88-89.

2. Cf. Mme de Boigne, *Récits d'une tante. Mémoires de la comtesse de Boigne, née d'Osmond*, 4 vol., Plon, 1907, vol. 1, p. 148.

3. Prosper Brugière baron de Barante, *Notice sur la duchesse de Duras décédée à Nice, le 16 janvier, par P. de Barante*, [Paris], Imprimerie de Porthmann, [1828], p. 1.

de Louis XVIII ; il assuma ses fonctions trois ans plus tard, à Mitau, en Courlande, où s'était refugiée cette petite cour en exil.

Amédée était donc en tout point un produit de l'Ancien Régime, et comme le voulait la coutume nobiliaire, le mariage était pour lui tout d'abord une institution sociale, une alliance de noms et d'intérêts visant à perpétuer la descendance et à renforcer l'influence de la famille. Le fait que l'arbre généalogique de Mlle de Kersaint n'était pas à la hauteur du sien, et que son père avait pris le parti de la Révolution, n'empêchait pas la jeune fille d'être aimable, pleine d'esprit, et surtout très riche. Par le passé, d'innombrables grands seigneurs avaient redoré leur blason grâce à des choix matrimoniaux hardis. Et jamais les temps n'avaient été aussi durs pour la noblesse française : Duras avait besoin d'argent afin de ne pas déroger à son rang et d'affronter avec dignité l'attente d'un avenir meilleur.

Claire était trop intelligente pour ignorer les circonstances qui avaient favorisé son mariage, ainsi que la différence de mentalité et de naissance entre elle et son mari ; mais Duras était beau, courageux, auréolé par le malheur, et elle n'avait écouté que son cœur. En 1815, avec la Restauration, Claire devait confier à la romancière anglaise Fanny Burney, devenue Mme d'Arblay après son mariage avec un officier français, qu'elle la regardait comme la responsable de son mariage. C'était la lecture de son roman *Cecilia* qui l'avait persuadée, très jeune, de ne se marier que si elle rencontrait un homme ressemblant en tout point à Delville, le gentilhomme exemplaire qui est le héros du roman : « Tel lui était apparu à l'époque le duc de Duras – *d'un tout aussi noble caractère* [1]. » Son jugement sur son mari devait probablement changer au fil du temps, mais la noblesse de manières du grand aristocrate qui avait cristallisé les fantaisies amoureuses de Claire était un fait incontestable. Cette noblesse avait également frappé une observatrice de la vie mondaine aussi attentive que Mme d'Abrantès, qui dans ses *Mémoires* devait fixer le portrait du duc parvenu au seuil de la vieillesse : « C'était le seul des gentilshommes de la chambre qui fût parfaitement bien ; il est peut-

1. *Du Consulat à Waterloo. Souvenirs d'une Anglaise à Paris et à Bruxelles*, édition établie et annotée par Roger Kann, José Corti, 1992, p. 246.

être un peu hautain, mais cela ne lui messied pas. Il a été beau et on le voit encore ; il a de l'esprit, beaucoup celui du monde [...] enfin j'aime beaucoup M. le duc de Duras. Il me fait l'effet de ces châtelains bien appris du temps de François Ier ou plutôt de Charles IX[1]. »

Le mariage fut célébré à Londres par l'archevêque d'Aix, dans une ancienne écurie transformée en lieu de culte catholique, en présence de toute la noblesse de l'émigration. Une cérémonie empreinte d'une forte émotion, car, comme le rappelle le premier biographe de Mme de Duras, « toute la vieille France décapitée, avec ses vertus, avec ses grâces, avec sa vaillance et aussi avec ses illusions, était présente par le souvenir[2] ». Après avoir rappelé la longue chaîne des deuils qui avaient frappé la famille de l'époux, et s'être borné à une timide allusion au père de la mariée, l'archevêque donna libre cours à l'angoisse des émigrés – « N'y aura-t-il pas un terme à la proscription, à l'exil, à la dispersion des familles ? Seigneur, ne nous abandonnez pas[3] ! » – et les exhorta à persévérer dans la foi. Mais, en premier lieu, il s'adressa aux deux jeunes mariés pour leur rappeler que le mariage « est le plus sûr » parmi les sacrements, « le plus impénétrable des asiles », et que « les inconsolables chagrins ne pénètrent pas dans la demeure de la femme vertueuse et d'un mari fidèle[4] ».

Cependant le duc de Duras n'était pas un mari fidèle, et sa femme ne pratiquait pas la vertu chrétienne de la résignation ; après les premières années de mariage, réjouies par la naissance de deux fillettes, les « inconsolables chagrins » pénétrèrent dans leur demeure : on peut en sentir les prémisses dans les lettres envoyées par Mme de Duras à son époux, en 1800.

Après le coup d'État du 18 brumaire 1799, par lequel Napoléon devint Premier consul et mit fin à la Révolution, Claire avait regagné la capitale française en compagnie de sa fille

---

1. *Mémoires complets et authentiques de Laure Junot, duchesse d'Abrantès. Souvenirs historiques sur Napoléon, la Révolution, le Directoire, le Consulat, l'Empire, la Restauration, la révolution de 1830 et les premières années du règne de Louis-Philippe*, 13 vol., Jean de Bonnot, 1967-1968, vol. 13, p. 128.
2. A. Bardoux, *op. cit.*, p. 66.
3. *Ibid.*, p. 69.
4. *Ibid.*, p. 67.

aînée, Félicie, pour obtenir d'effacer sa mère de la liste des émigrés, tenter de récupérer les biens de son père et rencontrer sa belle-mère, la duchesse douairière de Duras, née Noailles, qui n'avait jamais quitté la France. Elle envoyait à son époux des lettres d'amour naïves et passionnées – « Je désire tant vous embrasser ! [...] Je me sens découragée loin de vous [...] Si vous étiez là, mon Amédée, je courrais dans vos bras ; mais loin de vous je suis seule ! Je me sens une sorte de vide que rien ne peut remplir [1] » –, qui reflètent les sentiments d'une jeune femme totalement prise par le rêve de son paradis domestique, personnel et privé.

Claire entretenait un rêve moderne, celui que Rousseau avait illustré dans sa *Nouvelle Héloïse*, en opposant l'utopie familiale de Clarens à la corruption des coutumes nobiliaires ; la morale révolutionnaire l'avait pris comme modèle d'une société régénérée ; les victimes de la Terreur y avaient trouvé refuge dans leurs malheurs ; parvenues au seuil de l'époque romantique, c'étaient surtout les femmes, issues de l'aristocratie comme de la bourgeoisie, qui demandaient à ce rêve d'éclairer leur vie d'une nouvelle lumière. Les épreuves de la Révolution avaient montré le sens des responsabilités et le courage dont était capable le prétendu sexe faible ; néanmoins, avec le retour à l'ordre et l'entrée en vigueur du code civil, les femmes avaient été rappelées à leur condition subalterne de mères et d'épouses. Puisque la nouvelle morale bourgeoise confinait la destinée féminine à l'intérieur de la vie conjugale, les femmes se sentaient autorisées à chercher dans le mariage une réponse légitime à leur nouvelle et inévitable quête d'amour. La littérature féminine de l'époque proposait, de roman en roman, le mirage de ce bonheur à deux, de cette « union des cœurs sans laquelle le mariage manque son but [2] » – qui, à en juger par les lettres de Mme de Duras, avait été son expérience quotidienne, ne fût-ce qu'un bref moment.

Loin de son mari, la jeune femme ne cessait de lui rappeler son amour et de lui demander confirmation de ses sentiments

1. Lettre de Mme de Duras au duc de Duras, 7 [brumaire, an IX (1800)], *ibid.*, p. 74.

2. Mme de Duras, *Olivier ou le Secret*, dans *Ourika. Édouard. Olivier ou le Secret*, préface de Marc Fumaroli, édition présentée, établie et annotée par Marie-Bénédicte Diethelm, Gallimard, « Folio classique », 2007, p. 198.

à son égard : « Vous manquerais-je quelquefois [...] et vous mon tendre ami, pensez-vous aussi à votre Claire [1] ? » Douce et insistante, elle voulait que *son* Amédée n'oublie pas un instant combien son bonheur dépendait de l'harmonie entre leurs âmes. L'approche de leur anniversaire de mariage, ce « cher 27 novembre », lui offrait l'occasion de réitérer son don d'elle-même – « je bénis mille fois le moment fortuné qui m'a donnée à mon ami » –, mais aussi de rappeler à son époux les engagements pris : « [je demande] à Dieu de me réunir promptement à toi et de conserver tes sentiments pour ta Claire [2] ». On perçoit cependant dans cette même lettre que son destinataire n'était pas complètement en harmonie avec une telle vision des choses. En passant du *vous* en usage entre les époux de la bonne société au *tu* de l'intimité amoureuse, Claire était bien consciente de franchir les limites formelles requises par son mari, même si elle ne semble pas s'en repentir : « Me pardonnerez-vous, mon Amédée, de vous parler avec cette familiarité ? Je sais bien que vous ne l'aimez pas ; mais j'en ai besoin, cela me fait du bien [3]. »

Nous ne savons pas dans quelle mesure les sentiments que le duc de Duras manifesta dans les premiers temps de son mariage reflétaient un élan sincère ou bien obéissaient à un simple devoir de courtoisie ; toujours est-il qu'il n'estimait pas que l'amour et la fidélité entrassent dans ses devoirs conjugaux, et il n'avait pas tardé à faire comprendre à son épouse que ses requêtes exaltées et romantiques le mettaient mal à l'aise. Claire, en revanche, aimait son mari, et avait cru être aimée de lui : elle n'entendait pas renoncer à ses attentes. Au lieu de reconnaître qu'elle avait épousé un homme qui, comme devait l'écrire Astolphe de Custine dans un portrait à clé, « avait le cœur bon, quoique difficile à attendrir », mais qui était prisonnier des conventions du passé, qui manquait de sensibilité, qui pratiquait un égoïsme des plus subtils (« personne n'unit plus d'envie de rendre heureux les autres, à plus de crainte à se gêner

1. Lettre de Mme de Duras au duc de Duras, 7 [brumaire, an IX (1800)], in A. Bardoux, *op. cit.*, p. 75.

2. Lettre de Mme de Duras au duc de Duras, 7 frimaire, an IX [24 novembre 1800], *ibid.*, p. 82.

3. *Ibid.*, p. 82-83.

lui-même [1] »), bref, au lieu de se résigner et d'accepter son mari pour ce qu'il était, Mme de Duras préféra s'entêter dans le projet impossible d'être aimée de lui. Comme elle allait se l'avouer des années plus tard, elle était incapable de « [se] résoudre à reconnaître l'impossible [2] », et son refus de renoncer à ses rêves devait devenir une source de souffrances intarissable. Sensible et vulnérable, Claire compensait sa fragilité émotionnelle avec « un caractère très fort, et surtout une puissance de volonté peu commune [3] », et elle continua à poursuivre son mari de ses assiduités sentimentales, ouvrant ainsi un conflit durable. « Le ménage s'accordait moins que jamais », note dans ses *Mémoires* une amie des deux époux, la marquise de La Tour du Pin : « M. de Duras avait une attitude de plus en plus mauvaise à l'égard de sa femme. Elle en pleurait jour et nuit et adoptait malheureusement des airs déplorables qui ennuyaient son mari à périr. Il le laissait voir avec un sans-gêne blessant, que je lui reprochais souvent. À quoi il répondait que l'amour ne se commandait pas et qu'il détestait les scènes. Je tâchais de lui inspirer un peu d'indépendance, de la convaincre que sa jalousie et ses reproches, en rendant leur intérieur insupportable, éloignaient d'elle son mari. [...] La pauvre Claire ne pensait qu'à faire du roman, avec un mari qui était le moins romantique de tous les hommes [4]. »

Pourtant, si elle avait eu l'occasion – guère improbable – de lire *Les Lettres de Mistriss Henley*, le bref roman par lettres qu'Isabelle de Charrière avait publié une quinzaine d'années plus tôt [5], Claire avait bien dû se rendre compte que ses déceptions conjugales reflétaient une condition féminine fort répandue, au point de devenir un archétype littéraire. Situé en Angleterre, le roman racontait l'histoire de l'incompréhension

1. Astolphe de Custine, *Aloys, ou le Religieux du mont Saint-Bernard*, Librairie Fontaine, 1983, p. 122.

2. Lettre de Mme de Duras à Rosalie de Constant, 6 février [1824], in Gabriel Pailhès, *La Duchesse de Duras et Chateaubriand d'après des documents inédits*, Perrin, 1910, p. 281.

3. Astolphe de Custine, *Aloys*, éd. citée, p. 67.

4. Henriette Lucie Dillon, marquise de La Tour du Pin, *Journal d'une femme de cinquante ans*, 2 vol., Librairie Chapelot, 1913, vol. 1, p. 190-191.

5. Genève, 1784.

entre une femme sensible, fragile et sentimentale, et un mari conventionnel, mesuré, raisonnable. C'est justement le caractère obtus et pondéré du *gentleman* anglais, incapable de comprendre la raison des sentiments de sa femme, qui cause la mort de cette dernière.

À la différence de Mistriss Henley, Claire devait arriver à reprendre progressivement en main sa destinée, en apprenant peu à peu le détachement nécessaire pour suivre la voie tracée par Mme de Charrière, et produire la radiographie morale de son mariage dans *Olivier* ; reste que cet échec devait la marquer à vie. Le désamour de son époux l'avait convaincue qu'elle ne possédait pas les charmes nécessaires à être aimée, et avait façonné la perception qu'elle avait d'elle-même, déterminant en elle un fort sentiment d'exclusion : « On n'a jamais été jeune lorsque l'on n'a jamais été jolie [1] », disait Claire en parlant d'elle-même. Mais l'affirmation est par trop péremptoire, et l'argumentation trop sujette à critique, pour ne pas éveiller le soupçon que c'est justement la déconvenue conjugale qui a projeté une ombre douloureuse sur sa vie sentimentale, altérant *a posteriori* la représentation de toute une existence.

Même si elle n'était pas belle, Claire était certainement attrayante. Les deux portraits qui nous sont parvenus [2] montrent un minois agréable, aux traits réguliers, aux grands yeux noirs, et cette impression est confirmée par le chevalier de Cussy, qui la rencontra lorsqu'elle avait déjà plus de trente ans, et la décrit comme « jolie, simple et aimable [3] ». À son tour, l'Américain George Ticknor la décrit, la quarantaine passée, comme une femme vivante, séduisante, spirituelle [4]. Est-ce un hasard si c'étaient surtout les femmes qui ressentaient la nécessité de préciser que Claire de Duras n'avait pas d'atouts esthé-

---

1. Cité par la duchesse de Maillé, *Souvenirs des deux Restaurations*, Perrin, 1984, p. 231.

2. Le portrait de Nicolas Auguste Hesse, conservé dans une collection privée, et celui inspiré par un pastel du baron Gérard, dont une copie est conservée à la Maison de Chateaubriand, à la Vallée-aux-Loups.

3. Comte M. de Germiny, *Souvenirs du chevalier de Cussy*, 2 vol., Plon, 1909, vol. 1, p. 49.

4. *Life, Letters and Journals of George Ticknor*, Boston, James R. Osgood and Co., 2 vol., 1876, vol. 1, p. 254.

tiques comparables à ses talents intellectuels ? Le fait est que Mme de Duras était la première à « exagérer » sa laideur [1] et à se considérer comme vieille avant l'heure [2], si bien que cet autodénigrement insistant et injustifié induit à penser qu'il cachait une blessure plus profonde. Même si la jeune femme poursuivait obstinément une recherche sentimentale à l'enseigne de la réciprocité des affects et de la connivence des cœurs, cette exigence d'absolu s'accompagnait d'une méfiance envers elle-même, et par conséquent d'une remise en question de la sincérité des autres. En amour comme en amitié, son besoin d'amour allait de pair avec « la difficulté de croire qu'elle pouvait être aimée [3] ».

Pendant l'été 1805, Claire passa quelques semaines, en compagnie de ses filles, à Lausanne où elle put faire la connaissance de Mme de Charrière qui allait mourir quelques mois plus tard. Nous ne savons malheureusement rien des conversations qui se nouèrent entre la femme de lettres vieillissante et la jeune femme ignorant encore sa vocation d'écrivain, unies cependant par la même liberté de jugement et la même sensibilité et compassion envers les victimes des conventions sociales.

Pendant ce séjour suisse, Mme de Duras se lia aussi avec Rosalie de Constant, qui était la nièce de Mme de Charrière et la cousine de Benjamin Constant : cette amitié donna lieu à une longue correspondance. Représentante exemplaire de la culture protestante suisse, « pleine d'esprit, de vertu et de talent [4] », Rosalie de Constant, qui avait vingt ans de plus que Claire, était restée célibataire, très liée à sa famille et parfaitement comblée intellectuellement et affectivement. Malgré les nombreux malheurs qu'elle avait traversés, elle dégageait de la sérénité et de l'équilibre. Elle aimait écrire, elle se consacrait avec passion à son magnifique herbier, comme en témoignent ses *Cahiers*

---

1. *Mémoires de la comtesse de Boigne*, éd. citée, vol. 2, p. 400.
2. Cf. Piotr Kozlovski, *Diorama social de Paris par un étranger qui y a séjourné l'hiver de l'année 1823 et une partie de l'année 1824*, édition par Véra Iltchina et Alexandre Ospovate, Champion, 1997, p. 192.
3. Lettre de Mme de Duras à Rosalie de Constant, 15 février [1807], in G. Pailhès, *op. cit.*, p. 52.
4. Chateaubriand, *Mémoires d'outre-tombe*, éd. citée, vol. 2, p. 504.

verts[1], elle suivait avec intérêt la vie culturelle et mondaine de Lausanne. Elle ne semblait pas amère au sujet de son aspect physique, altéré par une mauvaise chute dans son enfance, même si pendant un bref moment, dans sa jeunesse, elle avait souffert de ne pas être jolie. En 1794, exaltée par la lecture des *Études de la nature*, de *Paul et Virginie* et des *Vœux d'un solitaire*, elle avait entamé une correspondance avec Bernardin de Saint-Pierre, avec qui elle noua une idylle épistolaire. Ce fut une « chimère[2] » de brève durée, mais le réveil fut assez douloureux pour que Rosalie apprît à comprendre les souffrances d'amour des autres.

Les lettres que Claire adressait à Rosalie sont parvenues jusqu'à nous, offrant une clé précieuse pour accéder à ses pensées les plus intimes. La jeune femme, animée d'un sentiment de vive empathie – « il y a des amis qui se devinent et qui sympathisent pour toujours[3] » –, s'examine et se raconte avec une douloureuse lucidité qui, en renonçant à l'emphase sentimentale de ses premières lettres à son mari, trouve d'emblée sa marque stylistique unique. Le fil conducteur de sa confession est la thématique du bonheur perdu, de ce « repos de l'âme et du cœur, ce bien-être moral qui fait que la vie elle-même est une jouissance[4] ». C'est seulement à l'approche de sa mort que Claire renoncera à rejeter la faute sur les personnes qu'elle avait le plus aimées – son mari, sa fille Félicie, Chateaubriand – pour reconnaître ses propres responsabilités à la lumière de la foi religieuse : « Presque toutes ces douleurs morales, ces déchirements de cœur qui bouleversent notre vie, auraient été prévenus si nous eussions veillé ; alors nous n'aurions pas donné entrée dans notre âme à ces passions, qui toutes, même les plus légitimes, sont la mort du corps et de l'âme[5]. » Car nous verrons que sa passion pour son

1. Cf. Lucie Achard, *Rosalie de Constant, sa famille et ses amis (1758-1834)*, 2 vol., Genève, Eggiman, 1902.

2. Cité par Henry Bordeaux, *Rosalie de Constant*, in *Vies intimes*, Albert Fortemoing, 1904, p. 155.

3. Lettre de Mme de Duras à Rosalie de Constant, 20 juin [1807], in G. Pailhès, *op. cit.*, p. 53.

4. Lettre de Mme de Duras à Rosalie de Constant, 28 octobre [1823], *ibid.*, p. 278.

5. *Réflexions et prières inédites, par Mme la duchesse de Duras*, Debécourt, 1839, p. 13-14.

mari ne fut que le premier maillon d'une chaîne d'inguérissables souffrances.

L'infélicité conjugale de Claire toucha son apogée au printemps 1806, lors d'un voyage dans les Pyrénées en compagnie du duc. La frustration amoureuse d'une part, et d'autre part l'apparition des premiers symptômes de la tuberculose – « maladie si commune et si meurtrière [1] » – en avaient fait, confiait-elle à Rosalie, « une des périodes les plus tristes et les plus pénibles de [sa] vie [2] ». Cependant, sous la poussée des circonstances, cette vie s'engageait dans une nouvelle direction, qui allait l'induire à prendre du recul par rapport au passé et à regarder devant elle.

En 1807, ayant mûri la décision de revenir vivre en France, les Duras achetèrent le château d'Ussé, en Touraine, où ils s'établirent à partir de l'année suivante. Dans cette splendide demeure ceinte de tours moyenâgeuses, dont on disait qu'elle avait inspiré à Charles Perrault le décor de sa *Belle au bois dormant*, Claire se consacra à l'éducation de ses filles, sur lesquelles elle concentrait toutes ses attentes affectives ; mais ce fut aussi l'occasion de renouer des liens avec des parents et amis de longue date. Au cours de ses voyages elle sillonnait régulièrement la France jusqu'à la capitale, où elle logeait chez sa belle-mère, rue de Varenne ; elle allait ainsi apprendre à connaître le pays issu de la Révolution et nouer de nouvelles amitiés. Celle avec Chateaubriand devait lui apporter une autre raison de vivre.

C'est Mme de Duras qui avait pris l'initiative, au début de 1808, de demander à la cousine de son mari, la comtesse de Noailles (ensuite duchesse de Mouchy), de la présenter à l'auteur des *Martyrs* et du *Génie du christianisme*, dont la belle Nathalie était à l'époque la maîtresse bien-aimée.

Chateaubriand avait alors quarante ans – neuf de plus que Mme de Duras –, mais les vicissitudes dramatiques qu'il avait traversées auraient suffi à remplir plus d'une vie. Il était déjà

1. Lettre de Mme de Duras à Rosalie de Constant, 12 mai [1806], in G. Pailhès, *op. cit.*, p. 49.

2. Lettre de Mme de Duras à Rosalie de Constant, 15 février [1807], *ibid.*, p. 51.

très célèbre, ses livres jouissaient d'un vif succès, il plaisait follement aux femmes et avait bien gagné son surnom d'*Enchanteur*. Claire l'évoque pour la première fois dans une lettre à Rosalie de Constant d'avril 1809 : « Je ne sais si nous avons parlé de cet homme extraordinaire qui unit à un si beau génie la simplicité d'un enfant [...] il est si simple et si indulgent qu'on se sent à l'aise avec lui. On voit qu'il apprécie les qualités de l'âme. On doit moins avoir besoin de l'esprit des autres lorsqu'on en possède autant soi-même [1]. » Un an plus tard, Claire employait une magnifique formule pour expliquer à son amie ce que jamais elle ne cesserait d'admirer en Chateaubriand : « l'antique honneur français s'est réfugié dans ce cœur-là afin qu'il en reste au moins un échantillon sur cette terre [2] ». L'écrivain quant à lui devait évoquer dans ses *Mémoires* les raisons qui l'avaient poussé à s'intéresser à Claire : « la chaleur de l'âme, la noblesse du caractère, l'élévation de l'esprit, la générosité de sentiments, en faisaient une femme supérieure [3] ». Née d'une admiration et d'une intelligence réciproques – « vous me devinez ou je vous devine [4] », écrivait François René à Claire –, leur amitié avait rapidement pris racine et, moins d'un an plus tard, leurs rapports étaient assez intenses pour qu'il fallût y mettre un peu de clarté. Pourquoi, pendant l'été 1810, Mme de Duras se sentait-elle en devoir de demander à Chateaubriand si leur relation ne risquait pas d'attrister Nathalie de Noailles ? Pensait-elle vraiment que la cousine de son mari pouvait prendre ombrage d'une amitié innocente ? Ou bien ne parvenait-elle pas à démêler ses sentiments, et attribuait-elle à Nathalie une jalousie et une exigence d'exclusivité qui était plutôt de son ressort ?

Dans une lettre du 1er août 1810, Chateaubriand essaie de mettre les choses au clair. Il aime Mme de Noailles et entend lui rester fidèle, mais il est prêt à recevoir avec une « infinie

1. Lettre de Mme de Duras à Rosalie de Constant, 21 avril 1809, *ibid.*, p. 58-59.

2. Lettre de Mme de Duras à Rosalie de Constant, 24 mars [1810], *ibid.*, p. 67.

3. Chateaubriand, *Mémoires d'outre-tombe*, éd. citée, vol. 1, p. 904.

4. Lettre de Chateaubriand à Mme de Duras [mi-août 1810], in Chateaubriand, *Correspondance générale*, édition établie et annotée par Pierre Riberette, 7 vol., Gallimard, 1979, vol. 2, p. 77.

reconnaissance » le don de l'amitié que lui propose Mme de Duras. « Si vous voudriez être ma véritable sœur, je voudrais aussi être votre véritable frère », et il précise : « un frère très heureux et qui s'entendrait à merveille avec vous [1] ». À ce pacte de complicité, chacune des parties contractantes allait donner une signification différente. Répétés à l'infini, en français comme en anglais, pendant les vingt-huit ans qu'allaient durer leurs échanges, les mots « frère » et « sœur » révèlent leur nature fondamentalement ambiguë. Pour Mme de Duras ils désignaient un lien préférentiel et exclusif, pour Chateaubriand ils définissaient les limites à l'intérieur desquelles s'inscrivaient les attentes sentimentales d'une amie précieuse dont le soutien était par ailleurs important. La correspondance entre le chevalier de Boufflers – le sauveur d'Ourika – et Mme de Sabran [2] montre bien que, trente ans plus tôt, ces mêmes mots avaient constitué le tendre prélude d'une passion réciproque. Du reste, le verbe français « aimer » lui-même n'est pas sans équivoque ; n'ouvre-t-il pas sur toute la gamme des rapports affectifs et ne permet-il pas à l'écrivain de rassurer Mme de Duras sur l'intérêt qu'il éprouve à son égard, tout en la laissant libre de rêver quant à la véritable signification du terme : « je vous aime avec une sincérité, une vérité, une tendresse que le temps ne fait que augmenter [3] » ?

Mme de Duras avait tout d'abord évité de s'interroger sur la nature de cette nouvelle relation qui occupait un rôle si important dans sa vie. Emportée par l'enthousiasme d'avoir rencontré un « être supérieur » pour qui elle pouvait se dépenser et qui, à son tour, par tant d'attentions, lui avait rendu confiance en elle-même en l'arrachant à l'état de « découragement [4] » où l'avait plongée le désamour de son mari, Claire s'était donnée sans retenue au plaisir de cette fréquentation assidue, faite de

1. Lettre de Chateaubriand à Mme de Duras [1er avril 1810], in Chateaubriand, *Correspondance générale*, éd. citée, vol. 2, p. 77.

2. La comtesse de Sabran et le chevalier de Boufflers, *Le Lit bleu. Correspondance 1777-1785*, édition établie par Sue Carrell, Tallandier, 2009.

3. Lettre de Chateaubriand à Mme de Duras, 1er juillet [1811], Chateaubriand, *Correspondance générale*, éd. citée, vol. 2, p. 112.

4. Lettre de Mme de Duras à Rosalie de Constant, 9 février [1811], in G. Pailhès, *op. cit.*, p. 80.

longues conversations en tête à tête et de promenades matinales sur les boulevards parisiens encore déserts. Et si, lorsque elle-même ou Chateaubriand n'était pas à Paris, il lui arrivait de constater qu'« il est doux, mais dangereux, de vivre habituellement avec des gens qui plaisent et qui conviennent », elle relevait aussitôt qu'il s'agissait d'une habitude telle qu'« on ne sait plus s'en passer » et que « tout est vide et ennuyeux ensuite [1] ».

Les lettres qu'elle reçoit de Chateaubriand entre 1808 et 1814 montrent bien l'intensité de leur intimité : il demande à Mme de Duras des nouvelles de son mari et de ses filles, il lui raconte ses projets littéraires, il lui confie ses soucis économiques, allant jusqu'à accepter ses efforts pour l'aider, il la tient au courant des progrès de son jardin à la Vallée-aux-Loups, il la remercie pour les plantes qu'elle lui a offertes. Et si Chateaubriand fait preuve d'une confiance absolue dans le dévouement de Mme de Duras, cette dernière se montre d'emblée une interlocutrice généreuse mais exigeante. Claire ne tolère pas d'être traitée de la même façon que les nombreuses admiratrices dont l'écrivain s'entoure, elle exige d'avoir avec lui un rapport préférentiel et ne cache guère son indignation lorsqu'il apparaît que Chateaubriand – dont la fidélité laisse certes à désirer – ignore ses requêtes. Alors, pour la calmer, la rassurer, l'apaiser, il entonne son irrésistible chant de sirène : « vous n'avez pas sujet d'être jalouse [2] », « n'ayant aucune raison de vous rien cacher [3] », « je vous aime toujours avec la tendresse du frère le plus dévoué et le plus sincère [4] », « je ne comprends rien, rien du tout à votre querelle [...]. J'ai besoin que vous m'écriviez une bonne lettre pour me consoler des dernières [5] », « *be the dear sister of my heart, for ever* [6] ».

1. Lettre de Mme de Duras à Rosalie de Constant, [mai 1810], *ibid.*, p. 76.
2. Lettre de Chateaubriand à Mme de Duras [8 novembre 1810], in Chateaubriand, *Correspondance générale*, éd. citée, vol. 2, p. 87.
3. Lettre de Chateaubriand à Mme de Duras 28 [juillet 1811], *ibid.*, p. 117.
4. Lettre de Chateaubriand à Mme de Duras [10 septembre 1811], *ibid.*, p. 124.
5. Lettre de Chateaubriand à Mme de Duras [12 septembre 1811], *ibid.*, p. 125.
6. Lettre de Chateaubriand à Mme de Duras [26 novembre 1811], *ibid.*, p. 139.

Mais Mme de Duras n'était en rien conciliante, et parfois Chateaubriand devait changer de registre et passer à la menace : « Ma chère sœur, écrivait-il le 13 février 1812, vous feriez le désespoir d'une amitié moins vive et moins constante que la mienne. Votre lettre d'aujourd'hui m'a fait beaucoup de peine. Elle est injuste, contrainte et peu aimable. Je méritais mieux [...]. Je vous aime plus que personne ; en un mot vous vous plaisez très à tort à m'affliger [...]. Si je ne puis rien pour vous rendre un peu heureuse, chère sœur, il vaut mieux renoncer à une correspondance qui vous fatigue, et qui me désolerait. Je ne sais pas quoi faire pour vous plaire. Vous ne me croyez pas. Vous ne m'écoutez pas : quand je crois avoir mis mon cœur tout entier devant vous, je ne reçois que des choses aigres et sèches en réponse. Je souffrirais tout cela s'il ne s'agissait que de moi, mais vous vous faites mal ; et je ne me pardonne pas d'être la cause involontaire de ce mal [1]. » Pendant quelque temps la stratégie devait se révéler efficace, et la crise surmontée, en attendant un nouveau drame, *l'Enchanteur* pouvait recommencer à flatter la duchesse avec ses formules magiques : « L'amitié de ma sœur fait mon bonheur. La mienne pour elle est sans bornes et sera sans terme [2] », la rassurait-il, moins d'un mois après leur dispute, et, en juillet, il admettait qu'il s'intéressait à plusieurs dames juste pour lui rappeler l'unicité du sentiment qu'il lui vouait : « Ma sœur n'a-t-elle pas une place à part, toute première, où elle règne sans trouble et sans rivale [3] ? »

Les deux interlocuteurs étaient désormais conscients que si Claire s'obstinait à exiger cette première place avec une intransigeance analogue à celle du duc de Saint-Simon lorsqu'il revendiquait le droit de préséance de ses pairs à Versailles, c'est que ce rang avait pour elle valeur de compensation. Quelques mois avant leur dispute, Claire avait dû admettre que son sentiment pour Chateaubriand était différent de ce que lui éprouvait pour elle, et que seul le terrain de l'amitié pouvait lui consentir légitimement de ne pas avoir de rivales. Mais son tempérament

1. Lettre de Chateaubriand à Mme de Duras [13 février 1812], *ibid.*, p. 150.

2. Lettre de Chateaubriand à Mme de Duras [10 mars 1812], *ibid.*, p. 151-152.

3. Lettre de Chateaubriand à Mme de Duras [27 juillet 1812], *ibid.*, p. 157.

était trop passionnel pour prendre en compte des distinctions subtiles et prudentes qui avaient fait si longtemps la fortune de la Carte du pays de Tendre dans la société aristocratique de l'Ancien Régime : exaltée, possessive, jalouse, son amitié continuait à être obstinément proche de l'amour.

Comme dans les romans par lettres dont Mme de Duras allait reprendre le genre dans *Olivier*, c'est la missive d'une amie qui devait lui dessiller les yeux. « Ah ! mon Dieu, lui écrit le 17 janvier 1812 de Bruxelles la marquise de La Tour du Pin, que vous êtes avancée depuis mon départ, et que vous avez une mauvaise tête ! Votre lettre, ma chère, est la langue de la passion depuis un bout jusqu'à l'autre. Ne vous faites pas d'illusion, ne vous retranchez pas derrière ce nom de "frère" qui ne signifie rien » ; et elle insiste : Claire a dans le cœur « un sentiment coupable, oui ma chère, coupable et très coupable ; l'amitié ne ressemble pas du tout à ce que vous ressentez [1] ».

Depuis presque deux ans, Lucie de La Tour du Pin suivait avec inquiétude l'intensification de la relation entre Mme de Duras et Chateaubriand, et ne se lassait pas de la critiquer avec âpreté. Elle avait commencé par reprocher à son amie que seuls le besoin de prééminence mondaine et la vanité de se sentir à la « hauteur » d'un homme célèbre l'eussent poussée à s'intéresser à Chateaubriand et à s'exposer au ridicule. Quant à son idole, son « Socrate », c'était peut-être un écrivain de talent, mais comme « moraliste [2] » il laissait à désirer. Il eût été souhaitable que Claire fût plus réservée, choisissant ses amitiés avec plus de discernement, se souciant d'être aimable envers son mari, alors qu'elle avait préféré goûter au « charme d'un sentiment exalté » sans se l'avouer, sans se rendre compte des risques qu'elle courait, s'offrant en pâture à la « malice [3] » publique. Le jeu était devenu trop dangereux : il fallait prendre des mesures d'urgence.

---

1. Lettre de Mme de La Tour du Pin à Mme de Duras, 17 janvier [1812], in G. Pailhès, *op. cit.*, p. 88-89.
2. Lettre de Mme de La Tour du Pin à Mme de Duras, samedi 1810, *ibid.*, p. 68-69.
3. Lettre de Mme de La Tour du Pin à Mme de Duras, 17 janvier [1812], *ibid.*, p. 89-90.

« Partez-en, ma chère amie, lui écrivait donc ce 17 janvier 1812 Mme de La Tour du Pin, et calmez votre cœur. Si vous le pouvez, repoussez la pensée de cet homme qui fait votre tourment ; je ne suis pas assez insensée pour vous dire : n'ayez pas pour lui de l'amitié ; car je sais que cela n'est pas possible ; mais comme je crois en même temps que votre tête est plus exaltée que votre cœur est coupable, j'attends beaucoup du temps... Ah, croyez, chère amie, que tout ce que je suis susceptible de ressentir de tendresse, je le sens pour vous, et que c'est pour votre repos et votre gloire que je veux vous arrêter sur le bord du précipice où vous êtes tout près de tomber [1]. » Si la marquise de La Tour du Pin pouvait légitimement s'interroger sur les sentiments que Mme de Duras ressentait pour Chateaubriand, de notre côté nous ne pouvons manquer de nous demander de quelle nature étaient ceux de la marquise pour la duchesse. Était-ce un simple élan d'affection qui la poussait à soumettre son amie à un procès d'intentions, visant à lui dévoiler ce qu'elle préférait ignorer ? Et de quelle autorité se paraitelle, en lui parlant comme un directeur spirituel, en reprenant dans les mêmes termes – *gloire*, *repos*, *abîme* – les injonctions que la princesse de Clèves avait reçues de sa mère sur son lit de mort [2] ?

Mme de La Tour du Pin [3] ne manquait ni d'intelligence ni de caractère, comme le montrent les extraordinaires Mémoires qu'elle devait écrire dans sa vieillesse. Née en 1770, Henriette Lucie Dillon appartenait à l'une des plus anciennes familles de la noblesse européenne. Elle avait épousé à dix-sept ans le marquis Frédéric de La Tour du Pin de Gouvernet et avait eu juste le temps de succéder à sa mère comme dame de compagnie de Marie-Antoinette, avant l'émigration outre-Atlantique. Dans l'est des États-Unis, son mari s'improvisa cultivateur, et elle l'aida à gérer une petite ferme sans jamais oublier d'imprimer le blason de sa famille sur le beurre qu'elle allait vendre au marché. Ils s'étaient transférés à Londres en 1797, et c'est là

1. *Ibid.*, p. 89-90.

2. Mme de La Fayette, *La Princesse de Clèves*, édition de Jean Mesnard, GF Flammarion, 2009, p. 116-117.

3. Sur Mme de La Tour du Pin, voir la récente biographie de Caroline Moorehead, *Dancing to the Precipice. Lucie de La Tour du Pin and the French Revolution*, Londres, Chatto & Windus, 2009.

que Lucie avait connu Claire, dont elle était devenue une amie proche. Très liée à son époux et mère de nombreux enfants, Lucie aimait passionnément sa famille, et de son propre aveu ces sentiments lui suffisaient, sans qu'elle éprouvât le besoin de l'amitié : elle avait cependant fait une exception pour Claire. Non seulement cette dernière avait épousé un de ses amis d'enfance, mais leurs pères avaient été des libéraux morts sur l'échafaud en criant « vive le Roi ! », et les deux femmes étaient, à leur tour, des esprits curieux et indépendants. Ainsi, en apprenant la mésentente conjugale des Duras, Lucie avait fait son possible pour l'apaiser. Elle était l'aînée de Claire de sept ans, et la réussite de son couple lui conférait indéniablement l'autorité pour conseiller et guider son amie, ce qu'elle faisait avec une supériorité bienveillante, en tâchant de la rappeler à un bon sens évidemment incompatible avec les exigences de la passion. Leur amitié ne semblait pas avoir souffert des divergences politiques : les Duras étaient restés fidèles aux Bourbons, tandis que les La Tour du Pin, démunis et soucieux de leur avenir, avaient choisi Napoléon ; ils habitaient Bruxelles depuis 1808, le marquis ayant été nommé préfet de la Dyle. Les deux amies avaient continué à se voir, tantôt à Paris, tantôt à Bruxelles, et à s'écrire, mais Lucie avait dû apprendre à connaître une nouvelle Claire, plus assurée, revenue à la vie mondaine, toujours plus influencée par Chateaubriand, toujours moins encline à l'écouter. Pour reprendre l'ascendant perdu, Mme de La Tour du Pin allait se servir de tous les arguments à sa disposition – l'amour pour ses filles, les devoirs familiaux, la réputation dans le monde, le souci de soi – et recourir à une vaste gamme de styles – ironique, pathétique, inquisitoire, apocalyptique. Elle tenta même de jeter le discrédit sur Chateaubriand, dont elle moquait les faiblesses : une *coquette* régnant sur « un petit sérail où il tâche de répandre également ses faveurs pour maintenir son empire [1] ».

Mais c'était là une bataille perdue d'avance. Lucie devait bientôt s'apercevoir que ses insinuations et ses mises en garde avaient contribué à susciter chez son amie un sentiment de culpabilité des plus périlleux : « regarder dans son cœur pour y

1. Lettre de Mme de La Tour du Pin à Mme de Duras, 27 juin 1812, in G. Pailhès, *op. cit.*, p. 103.

découvrir ce qu'il faudrait détruire, et n'en pas avoir la force : cela est plutôt dangereux qu'utile[1] », avait-elle reconnu, trop tard désormais. Ses conseils étaient l'expression du bon sens et du bon goût, mais ils allaient se révéler inopérants, d'autant plus que *l'Enchanteur* lui-même avait eu l'occasion de s'en plaindre auprès de Claire : « M. de Chateaubriand en viendra à ses fins et [...] vous ne m'aimerez plus[2] », annonçait-elle très lucidement, sentant bien qu'elle n'était pas de taille face au grand écrivain.

Non moins passionnelle que Claire, Mme de La Tour du Pin ne se résignait pas à voir son amitié rétrogradée à la « seconde place » dans le cœur de la seule amie qu'elle avait admise dans le cercle restreint de ses affections, et elle lui en garda une rancune tenace, dont ses *Mémoires* portent la trace : « Lorsque je revis Claire Duras, que j'avais laissée à Teddington en proie à une passion malheureuse pour son mari, je la trouvai tout autre. Elle était devenue une des coryphées de la société antibonapartiste du faubourg Saint-Honoré. Ne pouvant se distinguer par la beauté du visage, elle avait eu le bon sens de renoncer à y prétendre. Elle visa à briller par l'esprit, chose qui lui était facile, car elle en avait beaucoup, et par la capacité, qualité indispensable pour occuper la première place dans la société où elle vivait. À Paris, il est nécessaire de trancher sur tout, sans quoi on est écrasé : en termes de marine, il faut faire feu supérieur. Son caractère naturellement présomptueux et dominateur la préparait par-dessus tout à jouer un tel rôle[3]. » Mais bien avant de tracer ce portrait impitoyable, Mme de La Tour du Pin avait déjà eu l'occasion de prendre sur sa vieille amie la plus cruelle des revanches. Marraine de sa fille aînée Félicie, lorsque sa filleule entra en conflit ouvert avec sa mère, Lucie choisit son parti, épousa sa cause, la prit sous son aile protectrice. Cette appropriation indue servait de tragique contrepoint à la mort prématurée de sept des huit enfants de la marquise ; l'histoire devait mal se terminer même pour son dernier-né, le seul destiné à survivre à ses parents. Entraîné par Félicie dans

1. *Ibid.*

2. Lettre de Mme de La Tour du Pin à Mme de Duras, 25 juillet 1813, in G. Pailhès, *op. cit.*, p. 106.

3. *Journal d'une femme de cinquante ans*, éd. citée, vol. 2, p. 235-236.

l'insurrection vendéenne de 1832, condamné à mort par contumace, Frédéric Claude Aymar fut contraint de prendre le chemin de l'exil.

Mais l'indulgence n'était pas le fort de Mme de La Tour du Pin, et le souvenir du duc de Duras qu'elle livre à la postérité ressemble fort à une exécution capitale : « Malgré tant de bouleversements, il avait conservé tous les préjugés, toutes les haines, toutes les petitesses, toutes les rancunes d'autrefois, comme s'il n'y avait pas eu de révolution, et répétait certainement dans son for intérieur ce propos que nous lui avions entendu tenir dans sa jeunesse, quoiqu'il l'ait désavoué depuis : "il faut que la canaille sue" [1]. »

De son côté, Mme de Duras allait se venger du caractère inquisitoire de son amie en s'en inspirant dans l'un des épisodes clés d'*Ourika*. En véritable écrivain, elle ne recourt à son expérience douloureuse que pour la réinterpréter à la lumière d'une vérité supérieure, dans laquelle les lecteurs aussi peuvent se reconnaître. En obligeant Ourika à prendre conscience de la nature coupable de ses sentiments à l'égard de son frère adoptif, la « marquise de... » commet dans le roman un méfait encore plus grave. Elle manque au respect que l'on doit au secret que chaque individu a le droit d'enserrer dans le tréfonds de son cœur, et elle montre comment la sincérité, même lorsqu'elle est animée des meilleures intentions, peut se transformer en violence, et engendrer des désastres.

En 1814, la chute de Napoléon et le retour des Bourbons modifièrent profondément la vie des Duras : ils emménagèrent dans un hôtel particulier au 22, rue de Varenne, et furent soudain appelés à jouer un rôle de premier plan dans la société française de la Restauration.

M. de Duras, « plus duc que feu monsieur de Saint-Simon [2] », comme disait la comtesse de Boigne, avait repris ses fonctions de premier gentilhomme de la chambre de Louis XVIII et occupait le siège qui lui revenait dans la Chambre des pairs ; il jouissait désormais du privilège rare et enviable de fréquenter au jour le jour un souverain dont il avait

1. *Ibid.*, vol. 2, p. 344.
2. *Mémoires de la comtesse de Boigne*, éd. citée, vol. 1, p. 395.

gagné l'entière confiance par sa fidélité et son dévouement exemplaires. Lorsqu'il exerçait sa charge, il disposait d'un appartement dans le pavillon de Flore, aux Tuileries : c'est là, en qualité de première dame d'une cour sans reine, que son épouse tenait salon. Après des années d'incompréhension et de distance, les deux époux s'étaient retrouvés, en vertu de la nouvelle position du duc, unis par une cause commune qui leur donnait des raisons de ne pas être mécontents l'un de l'autre. Mme de Duras était reconnaissante à son mari d'avoir précisé d'emblée qu'il ne tolérerait pas que, en tant que fille d'un conventionnel girondin, elle subît le moindre manque d'égards de la part de l'entourage royal ; et elle avait apprécié qu'il l'eût voulue auprès de lui dès le début de sa vie officielle, en écoutant ses opinions, en affichant publiquement une considération empreinte de courtoisie. De son côté, le duc de Duras ne pouvait que se réjouir des succès mondains de sa femme.

Dans la France inquiète et divisée de la Restauration, partagée entre monarchistes et républicains, entre fils de la Révolution, nostalgiques de l'Ancien Régime et orphelins de l'Empire, constitutionnalistes et ultras légitimistes, catholiques intégristes et laïques intransigeants – cette France dont les Cent Jours de Napoléon avaient révélé l'instabilité intrinsèque –, Claire de Duras sut encourager ses hôtes à dépasser leurs divergences et renouer une conversation civile, qui témoignait d'un sens des responsabilités et d'un esprit de réconciliation hors du commun. Mme de Boigne, généralement peu encline à l'indulgence, décrit avec admiration une visite aux Tuileries juste après Waterloo : « On y causait librement et plus raisonnablement qu'ailleurs [...]. C'étaient [les discours] les plus sages du parti royaliste. Mme de Duras avait beaucoup plus de libéralisme que sa position ne semblait en comporter. Elle admettait toutes les opinions et ne les jugeait pas du haut de l'esprit du parti. Elle était même accessible à celles des idées généreuses qui ne compromettaient pas trop sa position de grande dame [1]. »

Loin d'être le résultat d'un œcuménisme mondain, la tolérance de Mme de Duras était l'aboutissement d'une longue réflexion. Malgré sa nature passionnée, elle avait atteint dans la sphère politique une modération et un équilibre qui devaient

1. *Ibid.*, vol. 2, p. 117.

lui faire toujours défaut dans la sphère sentimentale. Dès sa jeunesse, Claire avait dû se mesurer à la violence des conflits civils, et son expérience anglaise lui avait appris à ne pas se laisser intimider par les différentes factions, à ne pas prendre parti, à concilier l'héritage libéral de son père et sa fidélité envers la famille royale en exil. Comme le rappelle Villemain, qui devait lui rendre hommage dans ses *Souvenirs contemporains*, « elle aimait par devoir, par raisonnement, par liens familiaux, la monarchie des Bourbons [...] mais elle ne concevait la Restauration que fondée sur un nouveau Droit et elle était la protectrice sincère de toutes les libertés légales [1] ».

La position de la duchesse était malaisée dans la société aristocratique où elle avait évolué, et l'était plus encore depuis que son mari occupait à la cour un rôle éminent ; mais l'époque était finie où il n'y avait pas d'autre choix que d'« oublier le passé et s'étourdir sur l'avenir [2] » : le retour de Louis XVIII sur le trône de France permettait d'espérer en une monarchie constitutionnelle. Pour cela il fallait combattre l'esprit de revanche, encourager l'échange d'opinions, créer du consensus ; nul dans la haute société parisienne n'était en mesure de suivre ce programme avec plus de talent que Mme de Duras, bien qu'elle fût consciente que cette place aurait dû revenir de droit à Mme de Staël – si la mort ne l'avait emportée en 1817, à l'âge de cinquante et un ans. Mais la sympathie et l'estime que lui avait témoignées l'illustre femme de lettres devait avoir pour Claire la valeur d'une investiture.

Mme de Staël et Mme de Duras s'étaient brièvement croisées à Lausanne, mais ce n'est que lorsque la « baronne des baronnes » revint de l'exil imposé par Napoléon qu'elles eurent enfin l'occasion de se fréquenter. Elles étaient faites pour s'entendre : Chateaubriand dit qu'elles avaient la même « imagination » et « un peu même [...] le visage [3] » ; elles s'étaient promptement liées d'amitié. Depuis longtemps Claire désirait

1. Abel François Villemain, *Souvenirs contemporains d'histoire et de littérature*, Didier, 1854, p. 461.

2. Lettre de Mme de Duras à Rosalie de Constant, in G. Pailhès, *op. cit.*, p. 55.

3. Chateaubriand, *Mémoires d'outre-tombe*, éd. citée, vol. 1, p. 904.

connaître l'auteur de *Corinne*, qui disait « si bien, si finement » ce qu'elle-même avait « dit et pensé mille fois [1] », et elle avait préféré admirer son courage politique plutôt que de déplorer les « erreurs [2] » de sa vie privée. Maintenant que la célèbre persécutée revenait à Paris comme une puissance souveraine, Claire se reconnaissait pleinement dans son engagement en faveur d'une monarchie libérale qui sût préserver les principes de 1789.

Ce n'étaient pas seulement les convictions politiques qui unissaient Mme de Duras et Mme de Staël, mais aussi les affinités sentimentales. Pour les deux femmes la sphère affective, quelle qu'elle fût, impliquait un engagement total, et on eût pu dire de Claire ce que Mme Necker de Saussure allait dire de Germaine : « en elle, la tendresse maternelle et filiale, l'amitié, la reconnaissance, ressemblaient toutes à de l'amour [3] ». Et les deux pratiquaient une forme d'intelligence indissociable de la générosité, s'abandonnant ainsi à la « profonde sympathie [4] » qu'elles éprouvaient l'une pour l'autre.

Leur correspondance nous permet de suivre le développement rapide de leur amitié, de réception en réception, de visite en visite, dans le climat mondain, passionné et frénétique du début de la Restauration. Mais c'est dans les lettres échangées durant les Cent Jours – alors que les Duras ont suivi Louis XVIII à Gand et que Mme de Staël s'est réfugiée à Coppet –, puis après Waterloo, qu'on les voit partager les mêmes soucis, pleurer pour la « pauvre France [5] » de nouveau en proie à la tyrannie, emportée dans la guerre, humiliée par l'occupation étrangère ; et aussi espérer de concert qu'un

1. Lettre de Mme de Duras à Rosalie de Constant, 20 juin [1807], in G. Pailhès, *op. cit.*, p. 54.

2. Lettre de Mme de Duras à Rosalie de Constant, 12 mars (1812), *ibid.*, p. 97.

3. *Notice de Mme Necker de Saussure sur Mme de Staël*, in Gabriel-Paul Othenin, comte d'Haussonville, « La baronne de Staël et la duchesse de Duras », *Femmes d'autrefois, hommes d'aujourd'hui*, Perrin, 1912, p. 189.

4. Lettre de Mme de Staël à Mme de Duras, s.d., *ibid.*, p. 191.

5. Lettre de Mme de Staël à Mme de Duras, 21 juillet [1815], *ibid.*, p. 200.

« gouvernement représentatif [1] » sache « triompher [2] », porté par le consensus unanime suscité par la nouvelle constitution. Promulguée le 4 juin 1814, la Charte constitutionnelle des Français se présentait comme la plus libérale d'Europe, mais son interprétation allait alimenter les tensions dramatiques des trente-quatre années à venir [3].

Pour les deux amies, c'était aussi l'époque des confidences privées : « Cela fait des siècles que je vous aime, et j'ai envie de vous le dire [4] », écrivait Mme de Duras depuis son exil à Gand ; « le sentiment que j'éprouve pour vous est éternel », lui répondait Mme de Staël depuis l'Italie. Et au cri d'angoisse de la *dear duchess* confrontée à l'aggravation de la tuberculose (« à quoi bon s'attacher puisqu'il faut mourir ! »), Germaine répondait en détaillant les raisons pour lesquelles Claire était à ses yeux un être exceptionnel : « Vous êtes si vraie, malgré le genre de vie et la situation qui aurait pu vous gâter si facilement ! Je ne puis parler sur rien de loin, mais je répète, avec toute la sincérité de mon cœur, que je vous aime vivement et que je n'ai retenu ce sentiment que par des considérations qui vous étoient toutes personnelles [...] ; vous, adorable personne, vous portez un caractère naturel dans un cercle factice. J'ai fait ainsi et j'ai failli en mourir [5]. »

Ce n'était pas un moindre hommage de la part d'une personnalité telle que Mme de Staël, qui avait osé vivre à sa façon à une époque où, comme elle l'écrivait dans *De la littérature*, les femmes ne sont « ni dans l'ordre de la nature, ni dans l'ordre de la société [6] ». Et Mme de Duras mesurait toute la valeur de cet hommage, car avant même leur amitié elle regardait

1. Lettre de Mme de Staël à Mme de Duras, 5 août [1815], *ibid.*, p. 201.
2. Lettre de Mme de Duras à Mme de Staël, 1er septembre [1815], *ibid.*, p. 202.
3. Cf. Philip Mansel, *Paris between 1814-1852*, Londres, John Murray, 2001, p. 27.
4. Lettre de Mme de Duras à Mme de Staël, 16 juin [1815], in G. d'Haussonville, *op. cit.*, p. 199-200.
5. Lettre de Mme de Staël à Mme de Duras, 30 juillet [1816], *ibid.*, p. 210-211.
6. Mme de Staël, *De la littérature*, édition de Gérard Gengembre et Jean Goldzink, GF-Flammarion, 1991, p. 332.

Germaine comme « une personne extraordinaire », capable, « à force d'esprit », d'être pleinement et courageusement elle-même, et de « vaincre ce maître du monde » qu'on appelle « le ridicule [1] ».

Mais à la différence de Mme de Staël, Claire se sentait en déroute. Son « ridicule » avait résidé dans des attentes affectives régulièrement déçues, et le respect que lui témoignait son amie lui permettait pour le moins de revendiquer avec dignité le droit à sa différence : « Vos lettres m'ont fait du bien : il est rare de trouver dans ses amis le mouvement qu'on auroit soi-même pour eux. J'ai passé ma vie à espérer plus qu'on ne m'a donné, et, comme on se décourage à la fin de ses illusions, j'en suis venue à croire que j'ai une manière de sentir et d'aimer particulière que les autres n'ont point, et que cela est tout simple ; mais vous êtes bonne, et la bonté inspire pour ceux qui souffrent le seul langage qui leur fasse du bien [2]. »

Nul ne pouvait comprendre Mme de Duras mieux que Germaine, car elle aussi avait connu le sort de « ceux qui aiment plus qu'ils ne sont aimés [3] ». Et à quelques jours de sa mort, la grande romancière éprouva le besoin de redire et réitérer à Claire le don de son amitié sans réserve : « Croyez que, dans l'état affreux où je suis, je pense sans cesse à vous, ma chère Duchesse. S'il reste quelque chose de moi, vous l'aurez, et, parmi mes regrets de la vie, un des plus poignants est votre charme et votre amitié. » Ce poignant billet de congé qu'elle avait dicté à son fils portait sa signature et, de sa main, l'apostille « mes compliments à René [4] ».

Selon Mme de Boigne, la duchesse de Duras avait voulu « recueillir l'héritage de Mme de Staël » et, « épouvantée

---

1. Lettre de Mme de Duras à Rosalie de Constant, 19 août [1813], in G. Pailhès, *op. cit.*, p. 110.

2. Lettre de Mme de Duras à Mme de Staël, 3 septembre [1816], in G. d'Haussonville, *op. cit.*, p. 212.

3. Lettre de Mme de Staël à Mme Pastoret, 10 septembre [1800], in Mme de Staël, *Correspondance générale*, éditée par Béatrice W. Jasinski, vol. 4, t. I, Jean-Jacques Pauvert, 1976, p. 321.

4. Lettre de Mme de Staël à Mme de Duras, [juillet 1817], in G. d'Haussonville, *op. cit.*, p. 214. Mme de Staël meurt le 14 juillet 1817.

elle-même par cette prétention [1] », elle s'était souciée d'introduire une légère variante dans sa façon de se camper devant ses hôtes et de présider au rituel de la conversation. Lorsqu'elle parlait, Germaine avait en effet l'habitude de tenir un rameau qu'elle tournait et retournait entre ses mains, tandis que Claire, qui manifestement éprouvait le même besoin, enroulait entre ses doigts des bandelettes de papier.

Même si l'on prend ce témoignage à la lettre, les raisons qui poussaient Mme de Duras sous les feux de la rampe étaient fort différentes de celles qui avaient animé son amie disparue. Si pour Mme de Staël la vie mondaine avait été, dès sa prime jeunesse, une nécessité existentielle incontournable, pour Mme de Duras elle avait acquis de l'importance avec le temps, parce qu'elle l'aidait à supporter les déceptions de sa vie privée et lui offrait une extraordinaire occasion de revanche. Elle qui, lorsqu'elle cédait au « découragement », ne se trouvait bonne à rien, « digne de rien », qui ne pouvait « ni donner du bonheur, ni en recevoir [2] », avait appris à s'imposer comme « une des âmes les plus délicates, les plus désintéressées, les plus fières » de la haute société parisienne, mais aussi noble, agréable, sérieuse, « unissant à beaucoup de finesse une chaleur de dévouement sans égale [3] ».

Deux visiteurs étrangers nous ont laissé leurs impressions sur la duchesse, à quelques années d'intervalle. Le premier est George Ticknor, un *gentleman* de Boston venu compléter sa formation en Europe qui, arrivé à Paris en 1817, avait su s'introduire dans les salons les plus en vue de la capitale. Ticknor avait eu le temps d'être reçu par Mme de Staël et, revenu à Paris l'année suivante, il était devenu un hôte assidu du salon de Mme de Duras, où il avait été séduit par la personnalité de la maîtresse de maison : « Elle a environ trente-huit ans, elle n'est pas belle, mais elle frappe par sa physionomie animée, ses manières élégantes, par la force d'une conversation qui depuis la mort de Mme de Staël est sans rivales en France. Ses talents sont de premier ordre ; elle a beaucoup lu ; mais c'est son

1. *Mémoires de la comtesse de Boigne*, éd. citée, vol. 2, p. 400-401.
2. Lettre de Mme de Duras à Rosalie de Constant, 4 juin [1823], in G. Pailhès, *op. cit.*, p. 274.
3. Cf. A.F. Villemain, *op. cit.*, p. 460-461.

enthousiasme, sa simplicité, sa franchise, et la grâce toute particulière avec laquelle elle déploie sa culture, qui rendent sa conversation si brillante et lui confèrent le charme qu'elle exerce sur des personnalités telles que Chateaubriand, Humbolt, Talleyrand. »

Comme le voulait une longue tradition, l'usage du monde devait en premier lieu s'accorder aux temps, aux lieux et aux personnes, et Ticknor fait allusion au talent de la duchesse qui savait se faire l'interprète des différentes exigences des deux *cercles* qu'elle présidait : « Le mardi soir elle reçoit chez elle, et le monde entier y converge. Je pense qu'à part les politiques, c'est la société la plus intéressante qu'on puisse rencontrer. Le samedi soir, en tant qu'épouse du premier gentilhomme de la chambre du roi, elle se rend aux Tuileries, où elle reçoit ou, pour employer le terme technique, elle fait les honneurs du palais. [...] Je crois que je n'ai jamais vu faire les honneurs d'un cercle aussi grand avec autant d'élégance et de grâce, que Mme de Duras au sein de cette splendide assemblée [1]. » Mais pour le visiteur américain, rien n'était comparable au plaisir d'écouter la duchesse causer dans les réunions intimes, « ses *petits après-midi* » qui avaient lieu chez elle, tous les jours, entre seize et dix-huit heures. C'est dans ce cercle plus restreint que Mme de Duras se permettait d'échanger le plus librement avec les personnes selon son cœur.

C'est cependant Piotr Kozlovski, un Russe arrivé à Paris en 1823 – à l'époque où les conditions de santé de Mme de Duras ne lui permettaient plus de recevoir que chez elle –, qui sut le mieux percevoir dans le salon de la duchesse le dernier, splendide témoignage de fidélité à cette civilisation mondaine définitivement interrompue par la Révolution. Dans ses romans, la duchesse ne s'était-elle pas révélée capable de « deviner la vérité » des us et coutumes de la France aristocratique « d'après des ouï-dire [2] », comme lui écrivait le duc de Lévis ? Talleyrand lui-même, après avoir lu *Édouard*, était prêt à en reconnaître les mérites : « les couleurs d'un tableau qui n'a plus de peintre, et

1. *Life, Letters and Journals of George Ticknor*, *op. cit.*, vol. 1, p. 254.
2. Lettre du duc de Lévis à Mme de Duras, 8 novembre 1825, in G. Pailhès, *op. cit.*, p. 472.

dont les peintres, s'il y en avait, n'auraient plus de modèle, sont d'un prix infini pour moi [1] ».

Kozlovski se souvient du talent avec lequel Mme de Duras dirigeait, nuançait, modérait, relançait la conversation, à l'instar des maîtresses de maison de l'époque des Lumières : « Le salon de la duchesse de Duras, ouvert tous les soirs, est le seul dans Paris qui donne l'idée de ce que l'on connaissait autrefois sous le nom de la société française, où les hommes de lettres, les maréchaux, les ecclésiastiques même allaient jouir de cette égalité qui est partout une chimère excepté dans le domaine de l'esprit. On y cause de tout avec tant de mesure et de bon goût qu'un courtisan ne trouve rien à redire quant aux formes ni un penseur quant à la substance de la discussion. La politique, les nouveaux ouvrages, la littérature, les théâtres, sont successivement les objets de la conversation et la duchesse a ce talent que l'on ne puise que dans son cœur, d'écouter avec bienveillance et de ne relever que ce qui est à l'avantage de celui qui parle [2]. »

Kozlovski ne manque pas de comparer Mme de Duras à Mme de Staël, et de noter combien la façon de s'exprimer de la duchesse rappelait, par sa « mélancolique beauté » comme par son « tact », celle de son amie, nous donnant une définition éclairante de cette forme particulière de communication empathique dont la duchesse avait partagé le secret avec son amie disparue. Comme Mme de Staël, Mme de Duras a « la passion de cette conversation vivifiante qui n'appartient qu'à des êtres supérieurs, qui n'est point une hostilité contre la durée du temps, mais un besoin de lire dans la pensée des autres et de communiquer la sienne sans déguisement et sans apprêt [3] ».

L'art de la conversation était inséparable de la religion de l'amitié – « l'amitié est une croyance », devait écrire Mme Swetchine –, et c'est précisément l'amitié qui au fil du temps caractérisa la conversation de la rue de Varenne. Si la duchesse pouvait compter sur la fidélité d'un certain nombre d'habitués de prestige qui formaient le noyau de son salon, c'est qu'elle entretenait avec chacun d'entre eux un rapport personnel – d'affection,

1. Lettre de Talleyrand à Mme de Duras, 2 avril [1825], *ibid.*, p. 464.
2. P. Kozlovski, éd. citée, p. 192.
3. *Ibid.*, p. 192.

d'estime, de sympathie, de complicité – qui ne tenait pas à la position sociale ni aux convictions politiques. Parmi ses amis les plus fidèles il y eut des figures d'intellectuels insignes, comme Alexander von Humboldt, l'explorateur et naturaliste allemand, auteur d'un important *Voyage aux régions équinoxiales du Nouveau Continent*, demeurant à Paris en tant qu'« observateur officieux du gouvernement prussien [1] » ; ou comme le baron Cuvier, le célèbre naturaliste, inventeur de la paléontologie, secrétaire perpétuel de l'Académie des sciences ; ou comme Villemain, secrétaire perpétuel de l'Académie française, professeur à la Sorbonne, historien et critique éminent, qui sera ministre de l'Instruction publique sous Louis-Philippe, et vers qui Mme de Duras « se sentait portée, tant à cause de son prodigieux esprit de conversation, qu'en faveur de ses opinions politiques modérées, aux confins du seul libéralisme qu'elle pût admettre [2] ».

Tous pouvaient affirmer, comme Humboldt, qu'avoir retenu l'intérêt de Mme de Duras avait été « un point lumineux » dans leur vie [3]. Son salon était fréquenté aussi par le « meilleur ami [4] » de Chateaubriand, le poète Lucien de Fontanes, mort en 1821, modèle du goût classique, pour lequel Claire éprouvait une admiration affectueuse ; par le baron Prosper de Barante, aimé par Mme de Staël dans sa jeunesse, auteur de l'importante somme *De la littérature française pendant le XVIIIe siècle*, journaliste, député, diplomate, pair de France, lié au groupe des « doctrinaires » ; par Abel Rémusat, le célèbre orientaliste ; par le baron Gérard, peintre officiel de l'époque, qui réalisa non seulement le portrait de la maîtresse de maison, mais aussi celui de son héroïne Ourika.

Parmi les amis fidèles de la duchesse on comptait aussi les grands protagonistes de la vie politique et diplomatique française. Citons notamment l'insubmersible Talleyrand, qui,

---

1. Ph. Mansel, *op. cit.*, p. 129.
2. Sainte-Beuve, *Madame de Duras*, in *Portraits de femmes*, éd. citée, p. 111.
3. Lettre de Humboldt à Mme de Duras, [1826], in G. Pailhès, *op. cit.*, p. 485.
4. Lettre de Chateaubriand à Mme de La Rochejaquelein, 31 mars 1821, in Chateaubriand, *Correspondance générale*, éd. citée, vol. 6, p. 148.

du haut de son autorité mondaine, célébrait « le mouvement et le naturel[1] » de sa conversation et la priait : « conservez-moi bonté, amitié, souvenir[2] » ; le comte de Villèle, figure clé de la vie politique sous la Restauration, dont elle appréciait tout particulièrement la compétence et l'intégrité à la tête du gouvernement ultra de 1821 ; le duc Mathieu de Montmorency, grand ami de Mme de Staël, noble paladin des idées nouvelles converti au mysticisme, et auquel Chateaubriand avait enlevé à la fois le cœur de Mme Récamier et le poste de ministre des Affaires étrangères ; le comte Pozzo di Borgo, singulière figure de franc-tireur corse, au service tantôt de la Russie, tantôt de la France, tantôt ultraconservateur, tantôt libéral, dont la seule constante était sa haine envers Napoléon. Et si l'on ne peut ajouter à cette liste le nom du plus célèbre des amis de la maîtresse de maison, c'est que Chateaubriand participait assez rarement aux soirées au pavillon de Flore ou rue de Varenne : il laissait la duchesse y célébrer son culte *in absentia*, et préférait lui rendre visite le matin, ou en tout cas aux heures où il savait qu'il la trouverait seule.

Si différents entre eux, les *habitués* de la rue de Varenne contribuaient tous à accroître le prestige de la duchesse et à consolider son influence. Fréquenter son salon, c'était avoir un passeport mondain qui ouvrait les portes des autres salons[3] ; du reste elle avait pour principe d'« être bien avec tout le monde » et d'obtempérer à toutes les règles de la courtoisie, car, comme elle l'écrivait à Chateaubriand, « c'est ainsi que se conduit le monde, où les grandes choses sont portées par les petites[4] ».

C'est dans ces termes que Claire illustrait sa philosophie de maîtresse de maison à son amie Rosalie de Constant, en octobre 1823 – l'époque évoquée aussi par Kozlovski : « Je

1. Lettre de Talleyrand à Mme de Duras, 2 avril [1825], in G. Pailhès, *op. cit.*, p. 464.
2. Lettre de Talleyrand à Mme de Duras, 9 octobre [1825], *ibid.*, p. 469.
3. Cf. *Journal de Delécluze, 1824-1828*, édité par Robert Baschet, Grasset, 1948, p. 304.
4. Lettre de Mme de Duras à Chateaubriand, 6 novembre [1822], in G. Pailhès, *op. cit.*, p. 221.

cherche et j'apprécie les personnes qui se distinguent par leur intelligence et caractère, et puisque je déteste les opinions excessives et violentes, je vois des gens qu'autrement ma position éloignerait de moi. Ce serait trop long de vous dire les noms des personnes que je vois le plus souvent [...] parmi les plus distinguées que l'on voit à Paris. » Mais dans la même lettre elle ressentait l'exigence d'expliquer à son amie, et peut-être à elle-même, le sens de cet exercice de sociabilité quotidienne : « Vous me direz qu'à tout prendre c'est là une existence agréable et qui serait du choix de bien des gens. Cela est vrai, et je l'apprécie, mais une grande peine empoisonne tout, même les plaisirs de la vie sociale [1]. »

Quatre mois plus tard seulement, Mme de Duras ployait pourtant sous le poids de la souffrance et se disait prête à renoncer à ces plaisirs, dont elle dénonçait le caractère illusoire : « Je ne sais pas pourquoi j'étais née, mais ce n'est pas pour la vie que je mène. Je ne prends du monde que ce qui n'est pas lui, et, quand je reviens sur moi-même, je ne conçois pas ce que je fais là, tant je m'y sens étrangère [2]. » Il est vrai que déjà à l'époque où elle triomphait au pavillon de Flore, Mme de Duras ne cachait pas son intolérance envers « la sottise, la niaiserie, le commérage, la frivolité [...] de ce qu'on appelle le grand monde [3] ».

Ces paroles eussent pu être signées par Mme du Deffand, et la ressemblance n'est pas hasardeuse. La duchesse elle-même nous dit l'impression profonde qu'ont produite sur elle les lettres de la célèbre marquise. Le premier recueil épistolaire de celle-ci, publié en 1809, trente ans après sa mort, lui était apparu comme la preuve de l'« étrange corruption » qui avait frappé toutes les valeurs d'une élite nobiliaire qui ne pouvait certes pas être l'objet de regrets. Mais à l'origine du désenchantement lucide de la vieille sibylle, dont le salon avait été un des temples de l'esprit français, il y avait une solitude intérieure qui

1. Lettre de Mme de Duras à Rosalie de Constant, 28 octobre [1823], *ibid.*, p. 277-278.

2. Lettre de Mme de Duras à Rosalie de Constant, 6 février [1824], *ibid.*, p. 282-283.

3. Lettre de Mme de Duras à Mme Swetchine, 19 novembre [1817], in *Madame Swetchine. Sa vie et ses œuvres publiés par le comte de Falloux*, 2 vol., Paris, 1908, vol. 1, p. 181.

touchait Claire de très près. « Son extrême pénétration la fait lire jusqu'au fond des cœurs. Quelle illusion peut-il rester quand on possède ce triste don ? [...] Cependant elle aime ; et je crois qu'elle ne peut être approuvée et jugée que par des êtres sensibles. N'est-ce pas un mérite [1] ? »

Ce qu'elle taisait, c'est que Mme de La Tour du Pin, avec laquelle elle avait sans doute commenté les lettres de Mme du Deffand, surnommait Chateaubriand « [son] Walpole [2] ». Claire avait-elle été assez imprudente pour avouer que l'amour obsessionnel et impossible de la vieille marquise aveugle pour l'auteur du *Château d'Otrante* lui paraissait « la plus parfaite amitié qui ait existé [3] » ? Il est certain que, à l'instar de ce que Mme du Deffand avait fait pour Horace Walpole, Claire allait consacrer à sa « parfaite amitié » avec Chateaubriand toutes les ressources de son capital mondain.

Avec l'avènement de la Restauration et la fin du grand silence imposé par Napoléon, la vie de société elle-même s'était transformée en arène politique. En effet, non seulement les débats parlementaires, les journaux, les brochures, les livres, finalement affranchis de la censure, orientaient l'opinion publique, mais dans cette liberté de parole fraîchement recouvrée, même les *cercles* mondains pouvaient jouer le rôle de caisses de résonance des différentes tendances politiques. Et dans ce tableau complexe fait de rivalités et d'alliances, Mme de Duras avait aussitôt réussi à s'assurer, avec Mme de Montcalm, sœur du Premier ministre, le duc de Richelieu, une place prééminente. Stratégiquement placées à la croisée entre la *cour* et la *ville*, en rivalité entre eux, les salons des deux dames prônaient un système constitutionnel et parlementaire. Revenu à Paris après les Cent Jours, Auguste de Staël écrivait à sa mère pour lui faire le récit teinté d'ironie d'une soirée chez les Duras, où l'on parlait « de la constitution à chaque instant. Mme de

1. Lettre de Mme de Duras à Rosalie de Constant, 12 mars [1812], in G. Pailhès, *op. cit.*, p. 96-97.

2. Lettre de Mme de La Tour du Pin à Mme de Duras, 28 février [1812], *ibid.*, p. 94.

3. Lettre de Mme de Duras à Rosalie de Constant, 12 mars [1812], *ibid.*, p. 96.

Mouchy[1], constitutionnaliste. M. de Duras, constitutionnaliste, tous connaissent la constitution anglaise sur le bout des doigts[2] ».

Le prestige des salons de Mme de Montcalm et de Mme de Duras était tel que Talleyrand les avait surnommés « les deux chambres[3] ». Et, de fait, Claire n'hésita pas à se servir de son réseau social pour seconder les ambitions politiques de Chateaubriand. Avec la ténacité, la lucidité, la cohérence, l'intelligence politique indispensables pour compenser les caprices, les sautes d'humeur, les prétentions déraisonnables de son protégé, perpétuellement insatisfait, elle sut obtenir d'un Louis XVIII méfiant et récalcitrant et de ses ministres que l'écrivain, élevé à la pairie, siégeât dans leur chambre ; qu'il fût nommé ambassadeur à Stockholm ; puis, en décembre 1820, avant même d'avoir rejoint son premier poste, ambassadeur à Berlin ; qu'en avril 1822 il passât à Londres ; qu'en septembre de cette même année il fût envoyé comme ministre plénipotentiaire au congrès de Vérone ; et, enfin, qu'il fût nommé ministre des Affaires étrangères – charge qu'il allait occuper du 28 décembre 1822 au 6 juin 1824.

Il y a lieu de se demander si Mme de Duras était véritablement sincère lorsque, dans l'un de ses nombreux réquisitoires contre l'égoïsme et l'ingratitude de *l'Enchanteur*, elle lui écrivait : « Quand je sens tant de sincérité, tant de dévouement dans mon cœur pour vous, que je pense que depuis quinze ans, je préfère ce qui est à vous à ce qui est à moi, que vos intérêts et vos affaires passent mille fois avant les miennes, et tout cela naturellement, sans que j'aie le moindre mérite, et que je pense que vous ne ferez pas le sacrifice le plus léger pour moi, je m'indigne contre moi-même, de ma folie[4]. » Ou bien si son indignation ne tenait pas plutôt au fait que, n'ayant jamais dis-

---

1. Nathalie de Noailles.

2. Lettre d'Auguste de Staël à sa mère, 13 août [1815], archives Staël, Coppet, d'après une copie dactylographiée de la transcription de la correspondance d'Auguste de Staël pour l'année 1815, par le comte Othenin d'Haussonville, pour prochaine publication. Je remercie Emmanuel de Waresquiel de m'en avoir fait prendre connaissance.

3. A.F. Villemain, *op. cit.*, p. 460.

4. Lettre de Mme de Duras à Chateaubriand, 5, 6 et 7 avril [1822], in A. Bardoux, *op. cit.*, p. 290.

tingué « ce qui est à vous » et « ce qui est à moi », elle trouvait inacceptable que Chateaubriand pût laisser d'autres s'immiscer dans leur entreprise commune.

Dès le début de leur relation, Mme de Duras avait clairement fait entendre qu'elle n'admettait pas de rivales en matière d'amitié, mais, avec le retour des Bourbons et cette nouvelle position de prestige qu'elle occupait à la cour, son rôle de sœur, d'amie, de confidente s'était enrichi de celui de mentor politique, et ses rapports avec l'écrivain s'étaient encore resserrés. « Mme de Duras était ambitieuse pour moi : elle seule a connu d'abord ce que je pouvais valoir en politique [1] », devait admettre Chateaubriand après sa mort. Leur correspondance en témoigne éloquemment : « revenez, s'il vous est possible. Je ne puis rien faire sans vous [2] » ; « Vous pouvez tout ce que vous voulez [3] » ; « j'ai répété vos leçons [...]. Vous êtes admirable [4] » ; « Vous étiez faite pour gouverner le monde. Vous avez le cerveau du cardinal de Richelieu, et votre prose vaut davantage que ses vers [5]. » Mme de Duras était bien consciente de l'importance de son rôle, et en était fière. Le succès politique de Chateaubriand était son œuvre, et aussi son succès personnel, comme le note Mme de Boigne : elle en tirait une satisfaction telle qu'elle laissa entendre à tous ce que l'écrivain lui devait, en lui imposant de prendre son gendre comme collaborateur, dès sa nomination à la tête du ministère des Affaires étrangères [6].

Mais dans les derniers mois de 1820, alors que Chateaubriand s'apprêtait à partir pour son ambassade à Berlin, lorsque tout l'autorisait à croire qu'elle s'était définitivement assuré cette « première place » tant désirée, Mme de Duras eut la douleur de découvrir que cette place lui était usurpée par

1. Chateaubriand, *Mémoires d'outre-tombe*, éd. citée, vol. 1, p. 931.

2. Lettre de Chateaubriand à Mme de Duras, in Chateaubriand, *Correspondance générale*, éd. citée, 28 avril 1817, vol. 3, p. 104.

3. Lettre de Chateaubriand à Mme de Duras, 22 mai 1819, *ibid.*, vol. 3, p. 212.

4. Lettre de Chateaubriand à Mme de Duras, 17 ou 18 décembre 1821, *ibid.*, vol. 4, p. 227.

5. Lettre de Chateaubriand à Mme de Duras, 3 décembre 1822, *ibid.*, vol. 5, p. 336.

6. Cf. *Mémoires de la comtesse de Boigne*, éd. citée, vol. 3, p. 112.

une rivale des plus redoutables. Depuis deux ans l'écrivain était l'amant secret de Mme Récamier ; il ne lui suffisait pas d'éprouver la gloire d'avoir su se faire aimer d'elle : cet amour devait même servir sa cause auprès de Mathieu de Montmorency, alors ministre des Affaires étrangères. Encore très belle malgré ses quarante ans, célèbre pour sa grâce mondaine, auréolée de la gloire d'avoir été persécutée par Napoléon à cause de sa fidélité à Mme de Staël, intelligente, cultivée, sensible, adorée par ses amis, Juliette Récamier était prête à se consacrer au « grand homme » à qui elle s'était donnée sans réserves pour la première fois dans sa vie.

Consciente toutefois d'être un soutien irremplaçable, Mme de Duras n'entendait pas se laisser mettre de côté, et elle savait de quels arguments user : « Vous croyez que d'autres soignent mieux vos intérêts ? Mettez-vous dans la tête que vous n'avez que moi d'amie, moi seule ! Et c'est encore beaucoup ! Qui donc possède un ami dans la vie ? un ami capable d'aimer, de défendre, de soutenir, de servir, pour qui il soit égal de se brouiller et de se compromettre ! [...] Mais vous êtes comme la poule, vous jetez la perle et préférez le grain de mil [1] ! » Tout en maîtrisant l'art de l'allusion – le glissement d'« amie » à « ami » pour souligner le caractère viril de leur amitié, la « belle parmi les belles » ramenée, sous l'égide de La Fontaine [2], à de la nourriture de gallinacées –, Mme de Duras ne craignait pas d'être trop sincère, directe, véhémente. Elle ne connaissait que trop bien la stratégie d'évitement et les protestations mensongères de son « tyrannique enfant gâté [3] » pour se laisser faire : « Ah ! si vous ne régnez, vous vous plaignez toujours ! Vous régnez pourtant, et cela ne vous empêche pas de vous plaindre : voilà vos jugements : *je n'ai pas reçu un seul mot de Madame R[écamier]* [4]. »

1. Lettre de Mme de Duras à Chateaubriand, 1er mars 1821, in A. Bardoux, *op. cit.*, p. 238.

2. Cf. La Fontaine, « Le Coq et la Perle », *Fables*, livre I, fable XX.

3. Lettre de Mme de Duras à Chateaubriand, [mai 1822], in A. Bardoux, *op. cit.*, p. 281.

4. Lettre de Chateaubriand à Mme de Duras, 5 novembre 1822, in Chateaubriand, *Correspondance générale*, éd. citée, vol. 5, p. 309 ; la première phrase est une citation du *Britannicus* de Racine, IV, II.

Claire était prête à reconnaître son exigence d'exclusivité – comment oublier d'ailleurs que « tout ce qui est distingué est exclusif[1] » ? –, mais cela tenait à son propre caractère, et elle voulait qu'il le reconnût pleinement : « Une amitié comme la mienne n'admet pas de partage. Elle a les inconvénients de l'amour. Et j'avoue qu'elle n'en a pas les profits, mais nous sommes assez vieux pour que cela soit hors de question. Savoir que vous dites à d'autres ce que vous me dites, que vous les associez à vos affaires, à vos sentiments, m'est insupportable, et ce sera éternellement ainsi[2]. »

Avant que Mme Récamier s'interposât entre elle et Chateaubriand, cependant, Mme de Duras avait été frappée par une douleur plus insoutenable encore, ayant vu « une influence étrangère altérer peu à peu les goûts, les sentiments, les opinions qu'[elle] avait[t] placées dans ce cœur qui n'est plus celui qui comprenait le [s]ien[3] » : une femme « fausse et méchante[4] » lui avait volé l'affection de sa fille.

Félicie de Duras était l'« idole[5] » de sa mère, son chef-d'œuvre pédagogique ; âgée de quinze ans à peine, elle avait épousé en septembre 1813 Charles Léopold Henri de La Trémoille, prince de Talmont. « Elle est chérie de tout ce qui l'approche. Son esprit a une justesse qui n'appartient qu'à elle. Elle sait dans l'instant ce qu'on veut lui montrer et elle trouve des rapports qu'on n'avait pas vus soi-même. [...] Elle est jolie comme un ange, sa taille est charmante ; elle est bonne, pieuse, charitable sans orgueil, simple et naturelle ; enfin, je ne puis pas assez faire l'éloge de cet excellent enfant qui fait le charme et le bonheur de ma vie[6] », écrivait la duchesse, un mois avant les noces, à son amie Rosalie. Si elle avait accepté de se séparer si vite de sa fille, c'est qu'on n'eût pas pu lui souhaiter un meilleur

1. Cité par G. Pailhès, *op. cit.*, p. 272.
2. Lettre de Mme de Duras à Chateaubriand, 5, 6 et 7 avril [1822], in A. Bardoux, *op. cit.*, p. 290-291.
3. Mme de Duras, citée par G. Pailhès, *op. cit.*, p. 266.
4. Lettre de Mme de Duras à Rosalie de Constant, 14 janvier [1824], *ibid.*, p. 285.
5. Mme de Duras, *Réflexions et prières inédites*, éd. citée, p. 67.
6. Lettre de Mme de Duras à Rosalie de Constant, 25 avril 1812, in G. Pailhès, *op. cit.*, p. 28-29.

parti : « tout est réuni dans ce mariage qu'elle fait, personne, naissance, fortune, âge, tout est bien, tout est tel que mes vœux les plus brillants pouvaient le figurer [1] ». Et tout laissait espérer que la jeune mariée allait trouver « *le bonheur en un lieu où il se fait si rare* [2] ». Ce qui arriva ponctuellement, mais sans que sa mère pût s'en réjouir.

Mme de Duras s'était attachée à transmettre à sa fille ses convictions morales – la modération en politique, l'esprit de tolérance, la foi dans le libéralisme – et avait également sollicité sa curiosité intellectuelle en l'encourageant à cultiver l'amour pour les lettres, la musique, les arts. Dans sa belle-famille, Félicie découvrait par contre le culte de l'héroïsme, la religion du passé, l'esprit de revanche, la vocation guerrière. Le père de son mari était mort sur l'échafaud après s'être couvert de gloire en Vendée, et la princesse de Talmont, qui avait élevé son fils dans le culte de la mémoire et des martyrs de la contre-révolution, tenait un salon violemment ultra-royaliste, absolument opposé à celui de la rue de Varenne.

Mme de Duras ne pouvait ignorer les idées politiques des La Trémoille ; ce qu'elle n'avait pas prévu, c'est que sa fille oublie ses enseignements et se soustraie à son influence pour embrasser les sentiments, les usages, les goûts de la famille dont elle portait le nom. Comme si cela ne suffisait pas, Félicie choisit, après son veuvage en 1815, de continuer à vivre auprès de sa belle-mère, montrant publiquement qu'elle la préférait à sa propre mère : « elle habite et règne chez elle, elle s'est déclarée sa fille [3] ». Emportée, autoritaire, blessée par la trahison de Félicie, Claire avait essayé de la rappeler à l'ordre, tantôt en « refusant de la voir en privé », tantôt par des « scènes violentes [4] », mais son intransigeance, au lieu de calmer les eaux, avait exacerbé le conflit. Et tout le monde percevait que Félicie était la pomme de discorde entre deux grandes dames qui se défiaient et s'affrontaient sur le terrain des sentiments comme sur celui des convictions politiques et du prestige mondain.

---

1. Lettre de Mme de Duras à Rosalie de Constant, 10 août 1813, *ibid.*, p. 108.
2. *Ibid.*
3. Lettre de Mme de Duras à Rosalie de Constant, 14 janvier [1824], *ibid.*, p. 285.
4. Marquise de Montcalm, *Mon journal*, Grasset, 1936, p. 248.

Mme de Duras ne pouvait admettre que Félicie, dont elle avait « formé » la personnalité et « rempli » le cœur, pût autant changer, tout en reconnaissant que son refus de se plier à l'évidence, « la force même de [son] caractère », n'avaient fait qu'accroître ses souffrances. « Je continuais à espérer et je me trompais », écrivait-elle à sa chère Rosalie, « parce que la douleur c'est chercher l'être que l'on aimait et ne plus le trouver [1] ». Il s'agissait d'une quête vaine : au moment où elle avait cessé de lui appartenir, Félicie lui était devenue étrangère, et toute possibilité de communication était anéantie. Des années plus tard, en réfléchissant à la nature du vrai pardon, Claire devait écrire : « ce qui met le comble au chagrin, c'est de trouver des torts sans excuses à ceux qu'on aime [2] ».

Il est certain qu'après avoir « secoué le joug [3] » de l'autorité de sa mère, la jeune Félicie s'était révélée complètement autre, très différente de celle qui flattait la vanité de ce « Pygmalion maternel [4] ». Il n'est pas douteux que si la cause déterminante de sa métamorphose avait été l'atmosphère politique de la famille de La Trémoille, ce qui l'avait rendue possible tenait davantage à sa personnalité – qu'à l'évidence sa mère n'avait pas su ou voulu comprendre.

Félicie était d'une nature exaltée, passionnelle, rétive aux aspects prosaïques de la vie quotidienne ; elle rêvait d'un retour à un monde ancien, à l'héroïsme des ancêtres, elle se préparait à la guerre civile en chevauchant à cru, en maniant les armes à feu, en se soumettant à d'épuisants entraînements au grand air. Visionnaire et intrépide, elle ne faillit point au rendez-vous de l'Histoire : dame d'honneur de la duchesse de Berry, elle devait conspirer et combattre à ses côtés au moment de l'insurrection légitimiste en Vendée, en 1832, trouvant son âme sœur en Félicie de Fauveau. Et nul plus que cette extraordinaire sculptrice, avec ses vierges guerrières et ses cénotaphes mélancoliques, ne peut nous aider à comprendre la double instance, éthique et esthétique, du rêve gothique et romantique de Félicie de Duras.

1. Lettre de Mme de Duras à Rosalie de Constant, 14 janvier [1824], in G. Pailhès, *op. cit.*, p. 285.
2. *Réflexions et prières inédites*, éd. citée, p. 65-66.
3. Marquise de Montcalm, *Mon journal*, éd. citée, p. 248.
4. Marc Fumaroli, Préface à Mme de Duras, *Ourika. Édouard. Olivier ou le Secret*, éd. citée, p. 18.

La rupture définitive entre Félicie et sa mère survint en septembre 1819, lors du second mariage de Félicie avec Auguste du Vergier, comte de La Rochejaquelein, surnommé le Balafré – à l'instar du célèbre duc de Guise du temps des guerres de Religion – à cause de la cicatrice qui lui marquait le visage, souvenir tangible de son courage de soldat. Frère de deux héros des guerres de Vendée, légitimiste fanatique, le comte était en parfaite harmonie avec les idéaux de la jeune veuve, mais il n'avait pas pour autant gagné l'approbation des Duras.

Pour le duc, qui à la mort du prince de Talmont avait déclaré que désormais Félicie ne pouvait épouser qu'un prince souverain [1], les La Rochejaquelein étaient, malgré leurs prouesses, d'une noblesse trop modeste pour ne pas constituer une mésalliance ; pour Claire, l'extrémisme politique du comte et le simple fait que la belle-mère de sa fille favorisait cette union étaient des arguments plus que suffisants pour refuser son consentement. En guise de réponse, Félicie annonça qu'elle était prête à faire ses « intimations respectueuses » et à demander l'autorisation parentale par voie légale. Confronté à cette menace, son père se résigna à la conduire à l'autel, mais sa mère refusa d'assister à la cérémonie. Dès lors, les rapports entre les deux femmes allaient se borner au respect des formes.

Devenue écrivain, Mme de Duras ne manqua pas d'évoquer le supplice de cette situation bloquée, avec une poignante métaphore : « Il y a des êtres dont on est séparé comme par les murs de cristal dépeints dans les contes de fées. On se voit, on se parle, on s'approche, mais on ne peut se toucher [2]. »

Dès les premières années de la Restauration, au moment même où elle déployait son talent mondain et sa passion civile en se mettant au service de Chateaubriand, Mme de Duras crut ne pas pouvoir survivre à la douleur que lui infligeait sa fille. En 1817 elle écrivait à Sophie Swetchine, après y avoir fait allusion dans ses lettres à Mme de Staël, que le conflit ouvert avec Félicie avait « bouleversé » son existence, « brisant son équilibre

1. Cf. *Mémoires de la comtesse de Boigne*, éd. citée, vol. 2, p. 118.
2. Mme de Duras, *Olivier ou le Secret*, éd. citée, p. 198.

et son harmonie ». Mais il lui restait la volonté de regarder en avant, l'espoir de « guérir son âme [1] ».

Personne ne pouvait mieux l'accompagner dans ce parcours hérissé d'obstacles que cette nouvelle amie, Sophie Soymonof Swetchine, arrivée à Paris en 1816 à l'âge d'environ trente ans, et déjà entourée d'une aura mystique. Épouse malheureuse d'un puissant général du tsar, passée de la foi orthodoxe à la foi catholique, Mme Swetchine savait conjuguer habilement ses ambitions sociales et ses élans religieux, et avait des admirateurs dans toute l'Europe : « personne comme elle n'associe tant de morale, d'intelligence, d'instruction et de bonté [2] », déclarait Joseph de Maistre, en la recommandant au vicomte Louis de Bonald, tandis que Tocqueville reconnaissait en elle « une de ces personnes rares qui inspirent à la fois du respect et de la confiance [3] ».

C'est dans ses échanges avec cette nouvelle confidente, si éloignés de la spontanéité et de la liberté de ton et de contenus qui nous enchantent dans ses lettres à Germaine de Staël et à Rosalie de Constant, que nous pourrons dorénavant entendre l'écho du questionnement religieux de Mme de Duras.

Le second mariage de sa fille aînée et l'aggravation de sa maladie (Claire était la première à saisir le lien entre souffrance morale et souffrance physique) [4] ; l'avènement de Mme Récamier et les racontars qui l'entouraient ; la publication dans une feuille anglaise d'un article anonyme qui faisait des insinuations sur ses rapports avec Chateaubriand, et l'éloignement du grand écrivain [5] : tout cela avait eu raison de sa volonté et de son énergie et l'avait précipitée dans un état de prostration physique et morale qui toucha son comble en 1819. « J'ai connu, écrivait Claire à Rosalie lorsque cette grave crise était désormais

1. Lettre de Mme de Duras à Mme Swetchine, 1817, in *Madame Swetchine*, éd. citée, vol. 1, p. 163.

2. Cité in *Madame Swtechine*, éd. citée, vol. 1, p. 159.

3. Lettre de Tocqueville à Mme Swetchine, 20 juillet 1855, in *Lettres inédites de Madame Swetchine publiées par le comte de Falloux*, 2e éd., Didier & Cie., 1971, p. 72.

4. Cf. G. Pailhès, *op. cit.*, p. 259. Voir aussi l'Introduction de Denise Virieux à son édition d'*Olivier ou le Secret*, José Corti, 1971, p. 72.

5. Cf. *Correspondance privée*, journal à scandales publié à Londres, juillet 1818.

surmontée, cet affreux désespoir, et je m'étonne, en me rappelant ce que j'ai souffert, que ma raison y ait résisté [1]. » Pendant l'été 1820 sa santé s'était améliorée assez pour lui permettre un séjour à Spa, puis une convalescence de huit mois dans la solitude de Saint-Cloud. Au printemps 1821, Claire revenait enfin à Paris et rouvrait les portes de son salon.

Deux choses l'avaient aidée à remonter la pente et à retrouver des forces : l'affection que lui témoignait sa fille Clara, et la découverte de l'écriture.

Plus jeune que Félicie d'à peine un an, Clara adorait sa mère et l'avait « sauvée avec sa tendresse et ses soins [2] », en déployant cette « façon particulière de sentir et d'aimer [3] » que Mme de Duras avait inutilement cherchée autour d'elle. Le dévouement de sa fille cadette était d'autant plus émouvant que sa mère lui avait toujours préféré Félicie ; loin de lui en vouloir, Clara avait participé à toutes ses souffrances, avait compris sa douleur et s'était montrée pour elle « une garde, une compagne, un soutien [4] ».

De son côté Mme de Duras allait tout faire pour remercier son « ange », en lui trouvant un excellent parti et en l'accueillant chez elle après son mariage. Le 30 août 1819, Clara épousait en effet le comte Henri de Chastellux, lui apportant en dot le titre de duc de Rauzun et ensuite, à la mort de son père, celui de duc de Duras. Mais d'aucuns, derrière les mille attentions dont Mme de Duras entourait le jeune couple, voyaient une intention démonstrative : selon Mme de Boigne, favoriser Clara était pour Mme de Duras une façon de « montr[er] à Félicie ce qu'elle avait perdu par sa rébellion [...] ; elle se vengeait comme un amant trahi [...] qui tourmente l'objet de sa passion mais n'a jamais cessé de l'adorer [5]. »

---

1. Lettre de Mme de Duras à Rosalie de Constant, 28 octobre 1823, in G. Pailhès, *op. cit.*, p. 278.
2. *Ibid.*
3. Lettre de Mme de Duras à Mme de Staël, 3 septembre [1816], in G. d'Haussonville, *op. cit.*, p. 212.
4. Lettre de Mme de Duras à Rosalie de Constant, 14 janvier [1825], in G. Pailhès, *op. cit.*, p. 285.
5. *Mémoires de la comtesse de Boigne*, éd. citée, vol. 2, p. 401-403.

Ce qui est certain c'est que, tout en aimant sa cadette et en éprouvant pour elle de l'admiration et de la reconnaissance – « elle fait mieux que dire qu'elle aime, elle le prouve, et tout est simple pour elle, ses affections comme son devoir[1] » –, Mme de Duras se résignait à regarder sa douleur comme la marque inéluctable de sa destinée : « On ne guérit point, ma chère Rosalie, de ce que j'ai souffert. Cela atteint les sources mêmes de la vie, comme celles du bonheur. On traîne des tristes jours, mais on ne vit plus, car c'est le bien-être qui est vivre et non cette lutte et ce travail continuel pour se défendre contre le chagrin et le mal physique. Ce qu'il faudrait, c'est bien employer ce reste de temps. Mais qui est-ce qui fait cela ? Ce n'est pas moi, je vous assure, et je déplore tous les jours, sans y remédier, l'inutilité de ma vie[2]. »

Claire oubliait-elle qu'elle venait de traverser une saison littéraire des plus intenses ? Ou bien la sensation que celle-ci s'était définitivement achevée participait-elle de son pessimisme ?

« Je ne crois pas que ce soit une bonne chose pour l'âme d'exprimer ce qu'on éprouve comme le font les écrivains », disait Mme de Duras à Chateaubriand en 1821. « Une fois qu'ils ont défoulé leurs sentiments ils doivent avoir moins d'énergie que quand ils étaient enfermés dans leur cœur[3]. » Comment avait-elle mûri cette conviction ? Est-ce à cause de « l'indifférence » et de « la légèreté[4] » dont le grand écrivain faisait preuve dans ses amitiés ? Ou bien était-ce le souci de ce qu'elle s'apprêtait à faire ? Car c'est justement au cours de ce mois de mars 1820 que la duchesse mettait le point final à un petit recueil de maximes tirées des écrits du Roi-Soleil[5], avant de se lancer dans l'écriture et de composer, dans le bref laps de trois ans, sept courts romans ou, plus exactement, sept *nouvelles*.

---

1. Lettre de Mme de Duras à Rosalie de Constant, 29 décembre [1824], in G. Pailhès, *op. cit.*, p. 457.
2. Lettre de Mme de Duras à Rosalie de Constant, 24 juillet [1824], *ibid.*, p. 448.
3. Lettre de Mme de Duras à Chateaubriand, [1er mars 1821], in A. Bardoux, *op. cit.*, p. 238-239.
4. Lettre de Chateaubriand à Mme de Duras, 30 août 1820, in Chateaubriand, *Correspondance générale*, éd. citée, vol. 3, p. 254.
5. Les *Pensées de Louis XIV* devaient paraître en 1827.

À la fin de 1821, Mme de Duras venait de finir *Ourika*, qu'elle lisait à ses intimes ; au mois de juin de l'année suivante circulait le manuscrit d'*Édouard* ; en octobre les lectures d'*Olivier ou le Secret* éveillaient la curiosité générale. Peu après, la duchesse achevait *Le Moine de Saint-Bernard*, qu'elle avait commencé avant *Olivier* ; elle rédigeait ensuite les *Mémoires de Sophie, Le Paria, Amélie et Pauline* [1].

Mais cet élan extraordinaire n'était pas destiné à s'inscrire dans le temps : en avril 1824 déjà, Claire confiait à Rosalie de Constant qu'elle n'arrivait plus à écrire ; elle en avait toujours le désir, elle se sentait « comme possédée de quelque chose [2] », mais quand elle essayait de le coucher sur le papier, elle n'y parvenait plus.

Mme de Duras avait parlé de « possession » à propos de son *Moine*, dans une lettre à Chateaubriand de novembre 1822, en pleine ferveur créatrice : « Adieu cher frère [...] me voilà femme auteur, vous les détestez, faites-moi grâce, en vérité ce n'est pas moi, je ne sais ce qui me possède, un souffle, un lutin, cette fois-ci j'avais une épée dans le corps, comme pour *Ourika* [3]. » Malgré le ton ironique dont la duchesse nuançait ses confidences à son ami écrivain pour en minimiser la portée, ses mots ne laissent pas de doute quant à la nature mystérieuse et incontrôlable de l'élan qui la poussait à écrire.

La récurrence des thèmes, l'apparition des mêmes rêves, le retour des mêmes douleurs, autant de caractéristiques qui impriment à son œuvre romanesque une unité profonde, et montrent bien le caractère obsessionnel et l'urgence autobiographique qui l'inspiraient. Nous sommes face à un écrivain qui ne cesse de s'analyser et se raconter à travers des histoires et des personnages qui sont son propre reflet, confrontés à ses propres épreuves, prisonniers de ses propres passions. Sainte-Beuve, dans le portrait qu'il lui a consacré, disait qu'« au fond tout était lutte, souffrance, obstacle et désir dans cette belle âme

1. Cf. Marie-Bénédicte Diethelm, « Les œuvres de Mme de Duras en leur temps. Chronologie d'un phénomène », *Ourika. Édouard. Olivier ou le Secret*, éd. citée, p. 312-322.

2. Lettre de Mme de Duras à Rosalie de Constant, 6 avril [1824], in G. Pailhès, *op. cit.*, p. 248.

3. Lettre inédite citée par M.-B. Diethelm dans Mme de Duras, *Ourika. Édouard. Olivier ou le Secret*, éd. citée, p. 313.

ardente[1] ». Si nous ne connaissons pas le motif pour lequel Mme de Duras s'est trouvée dans l'impossibilité de poursuivre son inspiration, nous pouvons pour le moins formuler quelques hypothèses quant aux raisons possibles d'un refroidissement de son enthousiasme.

En premier lieu, contrairement à ce qu'elle avait supposé, « exprimer ses sentiments », les faire ressurgir dans la mémoire, dévoiler au grand jour les raisons du cœur, avait été pour elle une opération extrêmement douloureuse. Au lieu d'en exorciser le souvenir à tout jamais, l'écriture avait exhumé « un vieux reste de vie qui ne sert qu'à faire souffrir[2] ». En second lieu, comme le suggère Denise Virieux, la duchesse avait peut-être espéré que la lecture de ses romans à un petit cercle d'amis pût lui permettre d'exprimer ses convictions intimes à travers le filtre de la littérature, en établissant avec eux « une relation[3] » plus authentique et profonde. Or, les médisances et le scandale qui accompagnèrent les lectures privées d'*Olivier* lui causèrent une lourde déception, qui lui ôta le désir et la force de persévérer.

Initialement, Mme de Duras n'avait pas l'intention de publier *Ourika* ; elle s'était bornée à en faire la lecture dans son salon, ou à faire circuler le manuscrit parmi ses amis et connaissances. Fidèle aux règles de réserve et de bon goût des femmes de sa caste, attentive à sa réputation de grande dame, la duchesse, qui abominait la seule idée que son nom « fût publié où que ce soit et pour quelque raison que ce soit[4] », n'entendait aucunement passer pour une « femme auteur[5] ». Elle prenait

1. Sainte-Beuve, *Madame de Duras*, in *Portraits de femmes*, éd. citée, p. 113.

2. Lettre de Mme de Duras à Chateaubriand, [avril 1822], in A. Bardoux, *op. cit.*, p. 285.

3. Denise Virieux, « Introduction » à Mme de Duras, *Olivier ou le Secret*, éd. citée, p. 28-29.

4. Lettre de Mme de Duras à Mme Swetchine, 29 janvier 1818, in *Madame Swetchine*, éd. citée, p. 182.

5. Sur les risques qui pèsent sur la *femme auteur*, voir le bref roman de Mme de Genlis, *La Femme auteur*, de 1825, publié par Martine Reid, Gallimard, 2007 ; et Mona Ozouf, « Madame de Staël ou l'Inquiétude », *Les Mots des femmes. Essai sur la singularité française*, Fayard, 1995, p. 121.

clairement ses distances par rapport à ce bataillon de femmes écrivains – Mme de Charrière, Mme de Staël, Mme de Genlis, Mme de Souza, Mme de Krüdener, Mme Cottin – qui, à la fin de l'Ancien Régime, avaient envahi la scène littéraire en se spécialisant dans le roman sentimental [1]. Claire de Duras avait été l'amie de certaines d'entre elles, et chez d'autres, comme Mme de Souza, elle admirait des qualités qu'elle aussi portait à un très haut niveau, « le ton exquis », « la politesse charmante », « les nuances délicates [2] » de l'écriture ; cela ne suffisait pas cependant pour qu'elle suivît leur exemple.

Car la duchesse n'avait ni l'audace de Mme de Staël, ni le besoin de gagner sa vie comme Mme de Genlis. L'image qu'elle voulait proposer d'elle-même était celle d'une noble « dilettante » qui écrivait comme elle faisait de la tapisserie, pour passer le temps [3]. Mais son choix n'était pas dénué d'ambiguïté, son horreur de la « publicité » ne retirait rien au désir de reconnaissance implicite dans sa « conscience timorée d'auteur [4] », et la ligne de démarcation entre la sphère privée et la vie publique était trop mince pour garantir son droit à la réserve. De surcroît, elle ne pouvait ignorer que depuis deux siècles désormais les salons entretenaient des rapports très étroits avec la littérature : dès l'époque de Mme de Rambouillet, les lectures privées avaient permis des sondages d'opinion et des opérations promotionnelles des plus efficaces : celles d'*Ourika* ne leur cédaient en rien.

L'exploit narratif de la duchesse avait suscité la curiosité et les commentaires (pas toujours bienveillants) [5] de la bonne

1. Sur ce sujet, voir Silvia Lorusso, *Matrimonio o morte. Saggio sul romanzo sentimentale francese (1799-1833)*, Tarente, Lisi, 2005.

2. Lettre de Mme de Duras à Rosalie de Constant, 19 février [1808], in G. Pailhès, *op. cit.*, p. 56.

3. Cf. la lettre de Mme de Duras à Chateaubriand citée par M.-B. Diethelm dans son « Introduction » à Mme de Duras, *Ourika. Édouard. Olivier ou le Secret*, éd. citée, p. 43.

4. Lettre de Mme de Duras à Rosalie de Constant, 23 juillet [1825], in G. Pailhès, *op. cit.*, p. 467.

5. Les *Mémoires, souvenirs et journaux de la comtesse d'Agoult* rapportent, par exemple, le mot d'esprit qui circulait dans le beau monde au moment de la grande vogue d'*Ourika*, selon lequel « la duchesse de Duras avait trois filles : *Ourika*, *Bourika* et *Bourgeonika* » – renvoyant à Clara et à sa réputation de faible intelligence, et à Félicie, affligée de

société parisienne, et l'histoire de la jeune *négresse* malheureuse était devenue un sujet à la mode. Alarmée par le bruit causé par le livre, craignant les contrefaçons, Mme de Duras avait pris la décision de faire imprimer sa nouvelle, d'abord dans une édition hors commerce parue en décembre 1823, puis, au mois de mars suivant, dans une édition destinée au public. Elle prenait cependant la précaution de ne pas signer son ouvrage et d'en affecter les bénéfices à des œuvres de bienfaisance, s'empressant d'expliquer à son amie Rosalie les raisons qui l'avaient poussée à se découvrir : « Voilà *Ourika* imprimée. Vous avez deviné ce qui m'a décidée. On en a fait cent comédies plus ridicules les unes que les autres, et ceux qui ne connaissent pas l'ouvrage auraient pu croire que j'étais l'auteur de tout cela. J'ai voulu n'être responsable que de mes propres fautes ; mais toute cette publicité m'a été désagréable, je ne conçois pas qu'on se soucie des éloges des gens qu'on ne connaît pas. Je ne suis pas encore assez auteur pour priser cette gloire [1]. » La stratégie de la duchesse allait se révéler gagnante : non seulement le roman ne compromettait aucunement son prestige d'épouse du premier gentilhomme de la Chambre – après avoir défini *Ourika* comme « une Atala de salon », avec une allusion ironique à Chateaubriand, Louis XVIII avait commandé un vase en son honneur –, mais surtout, d'édition en édition, il s'imposait comme un véritable *best-seller* [2].

En octobre 1825, *Édouard* suivait un parcours analogue : après une série de lectures et une édition privée, il arrivait dans les librairies et s'auréolait de succès. C'était l'histoire d'une passion impossible entre un roturier et une duchesse, à travers laquelle Mme de Duras avait voulu « montrer l'*infériorité sociale* telle qu'elle existait avant la Révolution, où les mœurs admettaient tous les rangs pourvu qu'on ait de l'esprit, mais où les préjugés étaient plus impitoyables que jamais, dès qu'il était question de franchir d'autres barrières. J'ai essayé de peindre les souffrances du cœur et de l'amour-propre qu'une

couperose (cf. l'édition établie par Charles F. Dupêchez, Mercure de France, 2007, p. 266).

1. Lettre de Mme de Duras à Rosalie de Constant, 6 avril [1824], in G. Pailhès, *op. cit.*, p. 283.

2. Cf. Lucien Scheler, « Un *best-seller* sous Louis XVIII, *Ourika* par Mme de Duras », *Bulletin du bibliophile*, 1988, I, p. 11-28.

telle situation faisait naître[1] ». Mme de Genlis avait traité le même sujet dans sa nouvelle la plus heureuse, *Mademoiselle de Clermont*, mais il semble que Mme de Duras ait puisé l'idée d'*Édouard* au sein de sa propre famille, après avoir constaté à quel point ces préjugés avaient pu survivre à la Révolution. La victime, en l'occurrence, avait été Denis Benoist d'Azy, jeune et brillant avocat qui, épris de la fille cadette des Duras, avait été jugé d'un rang social trop modeste pour ambitionner sa main.

Il en alla autrement avec le troisième roman, *Olivier ou le Secret*. La duchesse abordait à nouveau l'histoire d'un amour impossible, mais cette fois elle assurait ne pas oser en donner la clé à Rosalie. Elle confiait cependant à son amie, laissant ainsi transparaître ses ambitions d'écrivain, qu'il s'agissait pour elle d'« un défi, un sujet qu'on prétendait ne pouvoir être traité[2] ». Le « secret » au cœur de l'histoire, que Mme de Duras avait l'habileté de ne pas révéler, était l'impuissance sexuelle du protagoniste. Le sujet était d'autant plus scabreux qu'*Olivier*, comme les romans précédents, puisait dans la vie réelle, et, en l'occurrence, renvoyait à deux épisodes récents que la société de l'époque ne manquerait pas de reconnaître.

Le premier, comme Mme de Duras elle-même l'indiquait à Chateaubriand[3], était celui du « pauvre » Charles de Simiane qui s'était suicidé, désespéré par sa défaillance sexuelle. Et le second concernait Astolphe de Custine qui, fiancé avec Clara, la fille cadette de la duchesse, s'était enfui trois jours avant la signature du contrat de mariage. Le comportement du jeune marquis, qui passait pour le plus beau parti du faubourg Saint-Germain, avait profondément affligé Mme de Duras. Cette dernière avait encouragé ce projet de mariage, non seulement parce que Astolphe portait un nom illustre, rendu plus noble encore par le courage avec lequel son père et son grand-père étaient montés sur l'échafaud, mais aussi parce qu'il était beau, sensible, cultivé, extrêmement intelligent, et qu'il rêvait de devenir écrivain. Elle ne pouvait pas être indifférente au fait que le

1. Lettre de Mme de Duras à Rosalie de Constant, 15 mai [1825], in G. Pailhès, *op. cit.*, p. 462.
2. *Ibid.*
3. Cf. A. Bardoux, *op. cit.*, p. 362.

jeune homme voyait en Chateaubriand un second père[1]. La mère d'Astolphe, Delphine de Sabran, avait précédé Nathalie de Noailles dans le cœur de *l'Enchanteur*, et malgré les orages, les deux vieux amants étaient restés très proches. C'est seulement quelques années plus tard que la révélation de l'homosexualité du jeune marquis allait expliquer son étrange comportement envers la famille Duras.

La défaillance sexuelle, à l'instar de la différence de race dans *Ourika* et de l'infériorité sociale dans *Édouard*, permettait à Mme de Duras d'affronter dans son troisième roman, pour lequel elle avait adopté la forme épistolaire, le thème de l'isolement et de la solitude intérieure, dans une situation sans issue. Nous pensons aujourd'hui que ce qui l'intéressait n'était pas tant la nature du « secret » d'Olivier, mais ce qu'il impliquait : l'impossibilité de vivre jusqu'au bout une affection partagée. Mais c'est au contraire l'audace du sujet choisi par l'écrivain, et l'art savant de l'allusion qu'elle déploie pour suggérer sans nommer, qui ont catalysé l'attention des *happy few* ayant assisté à la lecture de l'œuvre. « *Olivier* a de grands succès, c'est une mode que de l'entendre et l'on ne s'en soucie que parce que je ne veux pas le montrer, le monde est ainsi fait », écrivait la duchesse à Chateaubriand en novembre 1822 ; et quelques jours après, agacée par une réception si bruyante, elle déclarait vouloir le « jeter au feu[2] ».

Quand bien même elle en serait venue à cette extrémité, la duchesse n'aurait pu reprendre le contrôle de la situation, qui lui avait déjà complètement échappé. Si, avant d'être publié, *Ourika* avait inspiré une prolifération de pièces de théâtre aussitôt tombées dans l'oubli, l'écho des lectures d'*Olivier* alluma la mèche d'un feu d'artifice littéraire où deux écrivains de profession s'en prenaient à une dame de la haute société qui s'était permis d'avoir plus de succès qu'eux.

Henri de Latouche, l'influent critique du *Mercure de France* qui fut le premier éditeur des poésies de Chénier, se saisit du

---

1. Cf. Marquis de Luppé, *Astolphe de Custine*, Monaco, Éditions du Rocher, 1957, p. 29.

2. Lettres de Mme de Duras à Chateaubriand, 4 et 14 novembre [1822], citées par M.-B. Diethelm, « Les œuvres de Mme de Duras en leur temps. Chronologie d'un phénomène », *Ourika, Édouard. Olivier ou le Secret*, éd. citée, p. 313.

sujet et livra, en janvier 1826, un *Olivier* sans nom d'auteur, laissant croire que c'était celui de Mme de Duras. Les démentis de la duchesse n'empêchèrent pas la mystification de Latouche de connaître un vif succès, lequel ranima et accrut même le scandale qui avait entouré les premières lectures du texte original. Cependant, par-delà la spéculation économique et l'intention parodique, il faut bien admettre que, dans son pastiche, Latouche répondait à un élan plus profond, puisque bientôt il allait centrer son roman, *Fragoletta*, sur le thème de l'androgyne. Et même dans l'*Armance* de Stendhal, qui avait contribué au succès du faux *Olivier* de Latouche, l'*Olivier* authentique laissera une marque tangible. Dans les articles qu'il avait consacrés à *Ourika* et *Édouard*, Stendhal avait exhibé ses sentiments contradictoires à l'égard de Mme de Duras, où son admiration pour l'écrivain se mêlait au snobisme, à la rancœur sociale, au ressentiment idéologique. Mais par le fait même de s'approprier l'histoire d'*Olivier*, en la réélaborant dans un roman centré sur le double thème du secret et de l'impuissance, Stendhal rendait à la duchesse de Duras son hommage le plus manifeste [1]. Dans le sillage de la grande tradition classique de l'émulation littéraire, l'homme qui se préparait à devenir l'un des plus grands romanciers de l'époque romantique reprenait à son compte et rejouait le « défi » que la femme écrivain « dilettante », bientôt proche de la mort, n'avait pu rendre public. Et pourtant c'est bien l'esprit de prévarication grégaire d'un Latouche et d'un Stendhal qui avaient contribué à la réduire au silence : on allait devoir attendre cent cinquante ans une édition d'*Olivier ou le Secret*.

Dans les premiers jours d'avril 1829, quinze mois après sa mort, Mme de Duras était à nouveau la victime d'une tentative de mystification. Cette fois le responsable était Astolphe de Custine, futur auteur de *La Russie en 1839*. Le fiancé fugueur dont la duchesse avait esquissé le secret dans *Olivier* exposait

1. Cf. Ivana Rosi, « Il gioco del doppio senso nei romanzi di Mme de Duras », *Rivista di letterature moderne e comparate*, 40, II (1987), p. 139-159, et Lauren Pinzka, *Olivier, Armance, and the Unspeakable*, in *Altered Writings, Female Eighteenth-Century French Authors Reinterpreted*, édité par Servanne Woodward, London, Canada, The University of Western Ontario, Mestengo Press, 1997, p. 85-107 ; ainsi que la bibliographie donnée en fin de volume.

sa version des faits dans un bref et saisissant roman autobiographique. *Aloys, ou le Religieux du mont Saint-Bernard* était le premier ouvrage que Custine livrait au public, et représentait sans doute pour lui la possibilité de débuter dans le monde des lettres en tant qu'écrivain véritable, et non en amateur. Cela dit, il préféra garder l'anonymat, et induire les gens de lettres et les mondains à croire que ce roman, écrit d'ailleurs dans un style très proche de celui de Mme de Duras, était l'œuvre de la duchesse. Sans nous aventurer dans le labyrinthe des raisons qui ont pu motiver cette stratégie, nous nous bornerons à constater qu'elle était spéculaire de l'inversion des rôles qui présidait à la logique de tout le roman. Après avoir sournoisement accusé Custine dans *Olivier ou le Secret*, la duchesse se trouvait à son tour sur le banc des accusés, sous le nom de « madame de M** ». C'était elle la grande manipulatrice qui, en s'appuyant sur l'amour que le jeune Aloys éprouvait à son égard, voulait le convaincre d'épouser sa fille, semant le malheur autour d'elle. Et s'il se dérobait au dernier moment à un mariage fondé sur le mensonge, c'était seulement pour s'ensevelir dans un monastère – renvoi évident au *Moine* de Mme de Duras.

À l'époque de la rupture de ses fiançailles avec Clara de Duras, Custine, en se confiant à une amie, avait attribué la responsabilité de ce qui s'était passé au « caractère violent, dominateur et passionné [1] » de la duchesse : mais au moment où il reformulait ces accusations sous forme de roman, il était bien obligé de reconnaître sa très grande faculté de séduction.

Si le portrait de Mme de Duras tracé par Custine dans *Aloys* nous renvoie l'image d'une femme portée par « une force de volonté immense [2] », la correspondance de la duchesse avec Rosalie de Constant porte la marque d'un mal de vivre et d'une lassitude incurables.

En 1823, après une interruption de quelques années, Mme de Duras avait renoué les échanges avec son amie. En laissant

1. Lettre d'Astolphe de Custine à Rachel Levine, Marquis de Custine, *Souvenirs et portraits*, par Pierre de Lacretelle, Monaco, Éditions du Rocher, 1956, p. 19.

2. A. de Custine, *Aloys*, éd. citée, p. 67.

derrière elle la tentative d'« autoanalyse [1] » menée à travers les personnages de ses romans, elle ressentait la nécessité de recommencer à parler d'elle-même avec Rosalie. Leur rapport, si intime en dépit de la distance – deux rencontres en vingt ans ! –, semblait naître de motivations analogues à celles qui fondent la psychanalyse moderne, comme le reconnaît Claire dans une confidence ressemblant fort à une déclaration d'intentions : « il me semble que je me raccommode avec moi-même en vous écrivant [2] ».

Ses lettres ne pourraient pas dire plus explicitement combien le conflit avec Félicie, la maladie, les chagrins avaient lentement érodé cette détermination qui l'avait soutenue tout au long de ses épreuves : « je suis une pauvre girouette, je tourne à tous vents et même sans vent », écrivait-elle à sa confidente en employant un mot tout juste entré dans l'usage. Un rien suffisait pour qu'elle se sentît « *démoralisée* [3] ». « Les difficultés me font peur : moi qui n'en trouvais à rien autrefois, j'en trouve à tout : et quand ce n'est pas la peur qui me tient, c'est le découragement qui me glace. » La conclusion est désespérée : « À quoi bon ? À quoi bon ? C'est ce que je me dis perpétuellement [4]. » Tout en étant consciente que chez elle le découragement « n'a été que du désespoir », un désespoir que le temps qui passe et les habitudes assumées ont rendu supportable, elle ne parvient pas à s'apaiser, et avoue : « je n'ai pas le courage de sevrer mon âme de toutes les pensées qui la déchirent [5] ». Il lui restait beaucoup à quoi s'accrocher, l'amour de Clara, l'amitié de Chateaubriand, les ressources de la vie mondaine, mais « la volonté d'être mieux » ne suffisait pas à « effacer le

1. Cf. Denise Virieux, « Introduction » à Mme de Duras, *Olivier ou le Secret*, éd. citée, p. 12.

2. Lettre de Mme de Duras à Rosalie de Constant, 28 octobre [1823], in G. Pailhès, *op. cit.*, p. 278.

3. Lettre de Mme de Duras à Rosalie de Constant, 6 avril [1824], *ibid.*, p. 284.

4. Lettre de Mme de Duras à Rosalie de Constant, 25 septembre [1823], *ibid.*, p. 276.

5. Lettre de Mme de Duras à Rosalie de Constant, 14 janvier [1824], *ibid.*, p. 281.

passé [1] ». Car un « des résultats d'une grande douleur, c'est d'empêcher de jouir de ce qui nous reste [...] on se distrait, on vit, et c'est beaucoup que de vivre – mais le bonheur, ce repos de l'âme et du cœur, ce bien-être moral qui fait que la vie elle-même est une jouissance – on ne le connaît plus [2] ».

La duchesse savait que seule « une dévotion vive et animée [3] » pouvait la réconcilier avec elle-même et restituer un sens à son existence ; mais, bien que croyante, elle n'avait pas la force d'accomplir ce saut métaphysique. Elle l'avait déjà avoué en 1817 à Mme Swetchine, elle le répétait maintenant à Rosalie, avec l'objectivité d'un compte rendu clinique : sa foi ne lui servait à rien, ne comblait pas le vide intérieur et ne lui était d'aucune consolation [4].

Ce détachement ne naissait ni du scepticisme, ni de la légèreté, ni de ses atermoiements, mais d'une prise de conscience lucide de ses responsabilités, à la lumière d'une conception intransigeante de la religion. Mme de Duras savait que, pour que la foi lui vînt en aide, il fallait qu'elle puisât en elle-même la force d'accomplir une véritable révolution intérieure, de renverser ses priorités affectives, en faisant passer l'amour pour Dieu avant son affection pour ses créatures – pour reprendre les termes de Mme de Sévigné. Mais n'était-ce pas une entreprise trop ardue pour une femme comme elle qui, obnubilée par l'amour de soi, avait cru pouvoir poursuivre l'absolu du sentiment en s'abandonnant aveuglément à la « vague des passions » terrestres ?

Ce qui allait la secourir, c'est, paradoxalement, l'aggravation de son mal, et les conditions d'isolement et de souffrance qu'il lui imposait. Mme de Duras connaissait trop bien la spiritualité du Grand Siècle pour ne pas savoir que prendre ses distances « du monde » et faire un « bon usage de la maladie » – Pascal avait écrit là-dessus des pages inoubliables – pouvait être une

1. Lettre de Mme de Duras à Rosalie de Constant, 1er janvier [1824], *ibid.*, p. 279.

2. Lettre de Mme de Duras à Rosalie de Constant, 28 octobre [1823], *ibid.*, p. 277-278.

3. Lettre de Mme de Duras à Mme Swetchine, 3 octobre [1817], *Madame Swetchine*, éd. citée, p. 172.

4. Cf. la lettre de Mme de Duras à Rosalie de Constant, 7 juin [1824], in G. Pailhès, *op. cit.*, p. 448.

expérience salutaire : il lui appartenait de ne pas manquer l'occasion que Dieu lui offrait.

En vérité, la duchesse avait fait une première tentative dans ce sens lorsqu'elle avait décidé de faire prendre le voile à son Ourika. Elle l'expliquait ainsi à son amie Rosalie : « Vous jugez *Ourika* avec votre cœur et après de longues années d'expérience de souffrir ; mais lorsque ce besoin des affections naturelles devient aussi impérieux qu'il était dans *Ourika*, il n'y a que Dieu qui en puisse tenir lieu [1]. » Ce n'était qu'un premier pas, en attendant d'emprunter elle-même le chemin du détachement de ses « affections naturelles » et de changer de vie suivant les principes d'une théologie de matrice augustinienne. On en trouve trace dans ses *Réflexions et prières*, publiées par sa fille Clara après sa mort : « Dieu est le but de l'homme : et pour que l'homme trouve sa paix et son bonheur en ce monde, Dieu doit être son unique but. La passion a un but aussi, et ce but est la créature [...]. La passion comble ce vide immense que Dieu laisse au fond de nos cœurs pour nous faire sentir que sans lui nous sommes incomplets ; et, par la même raison, Dieu a soin de rendre vains tous les efforts que nous faisons pour remplir ce vide par autre chose que par lui. » Et pourtant, même en ce moment de reniement solennel de ses erreurs du passé, Claire ne se résigne pas à voir dans ses passions une forme certaine de perdition. Fidèle à elle-même, elle s'obstine à penser que « l'âme passionnée peut diriger vers Dieu l'ardeur et l'activité qui l'ont égarée [2] ». Toute sa personne en porterait témoignage.

En août 1826, déjà grièvement marquée par la tuberculose, Mme de Duras fut frappée par une paralysie partielle qui la laissa invalide. C'est « une destruction », écrivait Mme Swetchine à une amie commune, bouleversée par les conditions physiques de la malade comme par l'état de prostration nerveuse où elle était tombée. Mais au même moment elle se disait « profondément frappée de la manière touchante et religieuse dont

---

1. Lettre de Mme de Duras à Rosalie de Constant, 6 février [1824], *ibid.*, p. 2781.

2. Mme de Duras, *Réflexions et prières inédites*, éd. citée, p. 19-21 et 21-22.

elle accueille ses maux et le danger qui la menace ». Amie intime de la duchesse, connaissant ses souffrances comme ses incertitudes, Mme Swetchine pouvait observer le changement que la maladie opérait en elle. « Les premières paroles qu'elle m'ait dites sont qu'elle regarde l'état où elle est comme inguérissable, comme une sorte de transition de la vie à la mort ; qu'elle y voit également un avertissement de Dieu et que tout ce qu'elle désire est de le mettre à profit. » Du reste, en experte des âmes, même Mme Swetchine estimait que cette métamorphose s'inscrivait sous le signe de la continuité, parce que Dieu allait sans doute « produire en elle tous les bienfaits de sa grâce, en s'emparant de ce dévouement passionné qui fait l'essence de son caractère [1] ».

Dans les seize mois qui lui restaient à vivre, Mme de Duras devait donc se préparer, jour après jour, à mourir de façon chrétienne, en acceptant les souffrances que Dieu lui imposait. « Je suis atteinte dans tout ce qui me plaît le plus, dans toutes mes occupations, dans tous mes plaisirs ; *je suis comme si j'avais le cerveau paralysé* [2] », écrivait-elle à Rosalie quelques semaines après la crise. Converser, lire, écrire, broder, autant d'activités désormais hors de sa portée, mais la solitude ne l'épouvantait plus comme jadis, et le silence la calmait « comme une musique délicieuse [3] ».

En dépit de tout, pour Claire cette terrible maladie était aussi une libération. Sa faiblesse la dispensait de devoir persévérer dans la tentative inutile de « regarder l'avenir en face [4] » et la gravité de son état ne permettait plus à ses amis – à commencer par son « cher frère » – de voir en elle une malade imaginaire.

Profondément affligé par l'état de santé de Mme de Duras, Chateaubriand essayait de répondre à ses attentes – « *je ne veux*

1. Lettre de Mme Swetchine à Mme de Nesselrode, 30 octobre 1829, in *Madame Swetchine*, éd. citée, p. 267-268.

2. Lettre de Mme de Duras à Rosalie de Constant, 6 septembre [1826], in G. Pailhès, *op. cit.*, p. 495.

3. Lettre de Mme de Duras à Rosalie de Constant, 7 décembre [1827], *ibid.*, p. 513.

4. Lettre de Mme de Duras à Rosalie de Constant, 23 juillet [1825], *ibid.*, p. 466.

plus que vous vous plaigniez de moi[1] » – et il lui témoignait une sorte de sollicitude affectueuse. Elle en prenait acte, elle continuait à s'intéresser à tout ce qui le concernait, mais elle avait désormais arrêté à son sujet un jugement qui ne laissait pas de place aux illusions : « Il faut l'aimer quand même, mais [ne] jamais compter sur ce qui exige un sacrifice [...]. Voilà l'homme ; et voilà ce qui fait que toutes les personnes qui l'ont aimé ont été malheureuses, quoi qu'il ait de l'amitié et surtout beaucoup de bonté[2]. »

Félicie aussi se montra désireuse de faire amende du passé et d'accomplir son devoir filial, et elle l'accompagna, à tour de rôle avec sa sœur Clara, dans un long voyage de convalescence qui avait comme but l'Italie. Ce geste qui, à une autre époque, eût fait le bonheur de Mme de Duras, survenait trop tard : « si elle avait fait la même chose il y a douze ans je ne serais pas si malade[3] », confiait-elle à son amie Rosalie.

La duchesse consacre non moins de six pages de ses *Réflexions* à la question de l'« indulgence », en passant en revue les possibles formes de pardon chrétien : « on pardonne, pour être pardonné ; on pardonne, parce qu'on se reconnaît digne de souffrir [...] ; on pardonne, pour obéir au précepte de rendre le bien pour le mal » ; et de conclure : « Le pardon de Jésus-Christ est le vrai pardon chrétien : "Ils ne savent pas ce qu'ils font !" » Mais sa méditation, qui avait progressivement évolué vers un nouvel acte de douloureuse accusation contre l'ingratitude de sa fille, et sa prière conclusive – « ayez pitié de moi, enseignez-moi à n'aimer que vous et donnez-moi le repos[4] » – ne sauraient dire plus clairement que Mme de Duras ne parvenait pas à pardonner.

Le voyage que Claire entreprit en juillet 1827, dans l'espoir de tirer bénéfice du changement de climat, et qui devait la

1. Lettre de Chateaubriand à Mme de Duras, 4 juillet 1827, in Chateaubriand, *Correspondance générale*, éd. citée, vol. 7, p. 269.

2. Lettre de Mme de Duras à Rosalie de Constant, 10 septembre [1826], in G. Pailhès, *op. cit.*, p. 496.

3. Lettre de Mme de Duras à Rosalie de Constant, 3 juillet [1827], cité dans D. Virieux, « Introduction » à *Olivier ou le Secret*, éd. citée, p. 24.

4. Mme de Duras, *Réflexions et prières inédites*, éd. citée, p. 64-65 et 69.

conduire par petites étapes jusqu'à Nice, fut un voyage de congé. Elle s'arrêta quelques jours à Genève pour embrasser, après vingt-deux ans d'éloignement, son amie Rosalie ; et à Nice elle reçut la visite des La Tour du Pin, geste d'amitié qui la toucha ; en franchissant le Simplon elle ne manqua pas de rendre justice à l'ennemi de jadis, au « génie » de Napoléon « qui a exécuté et vu possible une telle merveille [1] ». D'ailleurs, l'avènement de Charles X ne lui permettait plus de se faire d'illusions quant au sort de la monarchie française.

C'est tout son passé qui prenait congé d'elle. « Ma vie présente est si éloignée de ma vie passée, écrit-elle de Nice à Chateaubriand en novembre 1827, qu'il me semble que je lis des mémoires, ou que je regarde un spectacle [2]. » Et en même temps elle formulait le vœu que l'écrivain n'oublie pas l'amitié qu'elle avait éprouvée pour lui, puisque dans son testament elle lui léguait, outre son portrait, sa pendule : cette pendule dont il devait se souvenir qu'elle avait fait arrêter les aiguilles, lorsqu'il était parti comme ambassadeur à Londres, « pour ne pas entendre sonner les heures qui n'annonçaient plus [ses] visites [3] ». Mi-décembre, une nouvelle crise alertait la malade : son temps était compté.

Mme de Duras ne reviendrait pas à Paris pour « reprendre son sceptre » et pour « parler de littérature et d'art [4] », comme l'y engageait *l'Enchanteur* : elle devait mourir à Nice le 16 janvier 1828, en affrontant « avec une résignation et un courage admirables [5] » cette mort qu'elle avait tellement redoutée [6]. Informée de la gravité de ses conditions, Félicie était venue à son chevet et sa mère avait eu la consolation de s'éteindre dans les bras de ses deux filles.

1. Lettre de Mme de Duras à Rosalie de Constant, 19 août [1827], in G. Pailhès, *op. cit.*, p. 508.
2. Lettre de Mme de Duras à Chateaubriand, 14 novembre [1827], *ibid.*, p. 512.
3. Lettre de Mme de Duras à Chateaubriand, 11 avril 1822, in A. Bardoux, *op. cit.*, p. 284.
4. Lettre de Chateaubriand à Mme de Duras, 26 décembre 1827, Chateaubriand, *Correspondance générale*, éd. citée, vol. 7, p. 294.
5. Lettre de Mme de La Rochejacquelein à Rosalie de Constant, 21 janvier [1828], in G. Pailhès, *op. cit.*, p. 519.
6. Cf. sa lettre à Rosalie de Constant du 23 mai [1826], *ibid.*, p. 483.

Le duc de Duras, de son côté, n'avait pas jugé nécessaire de respecter les convenances : ni de se rendre au chevet de sa femme, ni d'assister à ses obsèques ; cinq mois après la mort de Claire, il épousait une veuve portugaise, Emilie Dias Santos. La hâte du gentilhomme de la Chambre était certes peu élégante, mais sa nouvelle épouse apportait en dot une fortune considérable et surtout, comme il l'avouait à un ami, c'était « difficile de comprendre le bonheur de se sentir plus intelligent que sa femme [1] ».

Chateaubriand avait pleuré en lisant les premières pages d'*Ourika* [2] ; Goethe avait prié Humboldt de dire son admiration à Mme de Duras, bien que ses romans lui eussent fait « bien de mal : à [son] âge, estimait-il, il ne faut pas se laisser émouvoir à ce point [3] ».

Si, deux siècles après sa publication, ce bref roman réussit encore à nous remuer aussi profondément, c'est surtout grâce à la richesse des réflexions et des interrogations qui en font la trame. Ce qui distingue *Ourika* de tant d'histoires sentimentales dont la littérature féminine de l'époque a été si généreuse, ce qui confère à ce roman sa dimension tragique, ce n'est pas seulement la couleur de peau de son héroïne, mais le caprice du hasard qui l'a conduite en France encore enfant. C'est là que, devenue adulte, elle découvre que l'éducation, la morale, la religion ne suffisent pas à rendre les individus égaux, et que les meilleures intentions d'une élite éclairée sont impuissantes à contrer des préjugés sociaux que même la Révolution n'a pas su abattre.

C'est Ourika elle-même, malade et presque mourante, qui raconte au médecin venu l'assister la succession d'expériences traumatiques qui l'ont amenée à prendre conscience de sa condition d'exclue. Mme de Duras lui cède la parole, et elle a

---

1. *Mémoires de la comtesse de Boigne*, éd. citée, vol. 3, p. 286.

2. Lettre de Chateaubriand à Mme de Duras, 15 ou 16 décembre [1821], in Chateaubriand, *Correspondance générale*, éd. citée, vol. 4, p. 226.

3. Lettre d'Alexandre von Humboldt à Mme de Duras, Weimar, 31 décembre 1826, in G. Pailhès, *op. cit.*, p. 501.

soin de dissimuler sa présence dans le récit, en s'abstenant de jugements ou de déclarations de principe qui pourraient imprimer à la nouvelle le caractère de l'apologue. Dès son début en littérature, la duchesse fait preuve d'un remarquable savoir-faire narratif, laissant au lecteur la liberté de choisir la clé d'interprétation qui lui convient. Et la diversité des lectures critiques d'*Ourika* témoigne de la variété et de la complexité des problèmes sur lesquels ouvre cette histoire à la simplicité trompeuse.

À la suite de l'essai inaugural de Sainte-Beuve, de nombreux critiques ont privilégié une interprétation biographique du roman. Comme Mme de Duras, Ourika connaît les douleurs d'un sentiment non réciproque, elle ne sait pas « se soumettre à la nécessité », elle a besoin de se sentir indispensable pour vivre et elle conçoit l'amitié comme un sentiment exclusif. Les lettres de la duchesse à Rosalie de Constant montrent bien que l'écrivain a attribué à son héroïne des états d'âme et des souffrances dont elle avait fait l'expérience directe. Certains ont même lu dans le sentiment de la protagoniste pour Charles le reflet du sentiment passionné de la duchesse pour Chateaubriand. Bien que la confession d'Ourika reste très ambiguë et ne laisse pas décider si son besoin d'exclusivité est dicté par une amitié fraternelle ou par un amour « coupable », il est difficile de croire que Mme de Duras ne pense à *l'Enchanteur* quand elle fait dire à son héroïne : « Depuis si longtemps il comptait sur moi, que mon amitié était pour lui comme sa vie ; il en jouissait sans la sentir ; il ne me demandait ni intérêt ni attention ; il savait bien qu'en me parlant de lui, il me parlait de moi, et que j'étais plus *lui* que lui-même : charme d'une telle confiance, vous pouvez tout remplacer, remplacer le bonheur même [1] ! »

Mais il est tout aussi évident que Mme de Duras a créé avec *Ourika* un personnage romanesque doté d'une vie autonome, qu'elle a su transformer son expérience personnelle en une réflexion plus générale centrée sur la question de l'identité et de l'intégrité du *je*. Malgré la singularité de son histoire individuelle, le parcours d'Ourika est à maints égards exemplaire. Son besoin d'aimer, de vivre en fonction des autres, reflète sans doute un élan

1. *Infra*, p. 96.

légitime de son cœur, mais signale aussi son incapacité à se dominer et à se suffire à elle-même. Et, placée brutalement face à l'obstacle de la différence de race qui s'interpose entre elle et une vie affective comblée, elle manque de l'énergie morale pour assumer la responsabilité de son destin. Au lieu de combattre sa douleur, elle s'allie avec elle et se laisse emporter jusqu'à la mort.

Emblématique du point de vue psychologique et moral, l'histoire d'Ourika l'est tout autant du point de vue des conditionnements sociaux. À la croisée de la nature et de la culture, la protagoniste ne pourrait mieux illustrer l'étroitesse de la marge de manœuvre que la société concède aux individus. Produit parfait de la civilisation mondaine à laquelle elle a été initiée dès son enfance, Ourika en a à tel point intériorisé le modèle qu'elle partage les raisons de l'exclusion dont elle est l'objet : en se percevant à travers le regard des autres, elle devient étrangère à elle-même.

Le rapport entre individu et société a été d'emblée au centre de la réflexion des moralistes de l'époque classique, et tous les grands écrivains du XVIIIe siècle avaient fait des enjeux de la sociabilité l'une des constantes de leur enquête sur l'homme. Tout en s'insérant, culturellement et stylistiquement, dans cette tradition, Mme de Duras en modifiait la perspective en introduisant dans son analyse des comportements sociaux – comme avant elle Mme de Staël dans *De l'Allemagne* – la dimension historique. Pour les moralistes classiques, l'homme et la société répondaient à des lois immuables, et pour les représentants des Lumières l'idée même de progrès s'inscrivait dans la continuité ; mais c'est justement cette continuité que la Révolution française voulait interrompre, en érigeant en mot d'ordre la rupture avec le passé. Pour Mme de Duras, qui avait été le témoin de la disparition du monde ancien et qui avait espéré le voir renaître sur de nouvelles bases, *Ourika* était l'occasion de montrer dans quelle mesure ce bouleversement historique avait entamé les préjugés d'une société vieillie.

Ce n'est pas un hasard si Mme de Duras situe son histoire dans le laps de temps qui va des dernières années de l'Ancien Régime au début du XIXe siècle, ce qui lui permet de scander son analyse en trois temps. Elle commence par évoquer, au fil des souvenirs d'Ourika, le charme pluriséculaire d'un art de vivre aristocratique qu'elle-même, sous la Restauration, devait s'efforcer de faire revivre, tout en laissant transparaître les ambiguïtés et les faiblesses qui en avaient entraîné la fin. Consciente du fait que ses contemporains étaient très partagés à ce sujet, elle évite manifestement de l'aborder de front. Maîtresse dans l'art des nuances, forte de sa science mondaine, l'écrivain recourt à une stratégie subtile et se borne à suggérer, à travers de rapides touches savamment disséminées dans les replis de la narration, à quel point l'esprit de tolérance et les idées philanthropiques dont cette élite aristocratique avait fait étalage étaient velléitaires, dénués de la conviction et de l'engagement nécessaires pour avoir prise sur la réalité. À cet égard, nul n'est plus exemplaire de son époque que Mme de B., généreuse mais imprévoyante, qui en élevant Ourika comme sa propre fille ne considère pas les conséquences de son choix. En dotant sa protégée de tous les prérequis d'une solide culture mondaine, Mme de B. se donne l'illusion de pouvoir « l'insérer dans la société » malgré la couleur de sa peau, et ces « chimères [1] » de grande dame placent Ourika dans une situation psychologiquement insoutenable.

Cependant, pour deux raisons opposées, 1789 transforme un instant cette chimère en réalité. Si d'une part, à son aurore, la Révolution proclame la liberté et l'égalité de tous les hommes et abolit l'esclavage, d'autre part, sous l'étau de la Terreur, la noblesse persécutée se montre capable d'une solidarité, d'une générosité et d'un esprit de fraternité qui permettent à Ourika de ne plus se sentir une étrangère. La très belle maxime que Mme de Duras place sur les lèvres de son héroïne – « L'opinion est comme une patrie ; c'est un bien dont on jouit ensemble ; on est frère pour la soutenir et pour la défendre [2] » – semble exprimer la foi de la fille de l'amiral girondin dans un idéal de participation civile, une refondation du rapport entre individu et société.

La fin de la Révolution et le retour à la normalité montrent toutefois à Ourika que le nouvel ordre politique n'a guère ébranlé les anciens préjugés dont elle avait été la victime, et la société se montre de nouveau « cruelle [3] », car quelles que

1. *Infra*, p. 86.
2. *Infra*, p. 93.
3. *Infra*, p. 98.

soient ses règles, il ne peut pas en être autrement. Plus qu'un renoncement au monde, sa décision de se réfugier dans un couvent est une fuite de la solitude, l'insertion dans une communauté qui, abstraction faite des liens de sang, donne « l'humanité tout entière pour la famille [1] ».

Dans les dernières décennies, *Ourika* n'a pas manqué de susciter l'attention de la critique engagée, au double titre de la cause des Noirs et de la cause des femmes. Là aussi, les lectures sont plurielles.

Il va de soi que Mme de Duras n'axe pas son roman sur le problème de l'esclavage, et il n'est pas douteux que dans *Ourika* la différence raciale est seulement un prétexte pour créer les conditions d'un isolement extrême. Il s'agit néanmoins d'un prétexte qui n'a rien de fortuit. Non seulement l'éducation libérale de l'auteur et l'exemple de son père, qui s'était battu pour la libération progressive des esclaves dans les colonies, l'avaient amenée à sympathiser pour la cause des Noirs ; mais dans sa jeunesse elle avait pu constater la brutalité des conditions de vie des esclaves en Martinique ; et dans ses années londoniennes elle avait suivi l'évolution du mouvement abolitionniste anglais, très en avance sur la France – où, après la brève parenthèse révolutionnaire, Napoléon avait rétabli l'esclavage en 1802. C'est seulement après la condamnation de la traite des Noirs formulée par le congrès de Vienne, et sous la pression britannique, que le gouvernement français s'était résolu à se prononcer contre l'esclavage, sans cependant en entraver la pratique. Mais Hugh Honour rappelle [2] que l'opinion publique française se sensibilisait progressivement à cette cause, à partir de 1821, lorsqu'une traduction du pamphlet de Thomas Clarkson, *The Cries of Africa to the Inhabitants of Europe* (*Le Cri des Africains contre les Européens, leurs oppresseurs, ou Coup d'œil sur le commerce homicide appelé Traite des Noirs*), avait commencé à circuler en France ; et grâce aux interventions de Benjamin Constant à la Chambre des députés, du duc de Broglie à la

1. *Infra*, p. 110.
2. Hugh Honour, *Slaves and Liberators*, in *Images of the Black in Western Art*, Cambridge (Mass.), Harvard University Press, 1989, vol. 1, p. 129.

Chambre des pairs, une nouvelle campagne avait été engagée « contre le plus abominable trafic qui ait jamais déshonoré l'espèce humaine[1] ».

La coïncidence entre le regain d'intérêt pour la condition des Noirs et la rédaction d'*Ourika* confirme une fois de plus l'attention avec laquelle Mme de Duras suivait la vie politique, et laisse supposer qu'en relatant l'histoire de la petite Sénégalaise amenée en France par le chevalier de Boufflers la duchesse entendait contribuer, avec les moyens qui lui étaient propres, à orienter l'opinion publique française. Mais ce faisant elle rendait aussi un hommage explicite à Mme de Staël. Tandis que Benjamin Constant, qui avait été son amant, et le duc de Broglie, qui avait épousé sa fille Albertine, se faisaient les porte-parole des convictions abolitionnistes de l'écrivain sur le terrain institutionnel, Mme de Duras donnait à son héroïne le prénom d'un des deux personnages féminins de *Mirza*, récit de jeunesse de Mme de Staël, dont le protagoniste était un prince sénégalais.

La façon dont Mme de Duras s'empare du sujet est pourtant entièrement nouvelle et originale. À la différence de Mme de Staël et des nombreux écrivains qui s'étaient engagés en défense des Noirs, la duchesse ne poursuit pas l'objectif de montrer que ces derniers ne sont pas inférieurs aux Blancs, elle pose cela comme un fait acquis. Ourika est en tout point pareille aux jeunes filles françaises, hormis la couleur de sa peau, et il est significatif qu'elle prenne conscience de sa différence par son reflet dans le regard des autres. Ce qui la révèle à elle-même, ce sont en effet les propos de la marquise de... : « je vis tout, je me vis négresse, dépendante, méprisée, sans fortune, sans appui, sans un être de mon espèce à qui unir mon sort, jusqu'ici un jouet, un amusement pour ma bienfaitrice, bientôt rejetée d'un monde où je n'étais pas faite pour être admise[2] ». C'est ainsi que Mme de Duras vise le cœur du problème : fondé sur une pure extériorité, l'interdit racial est un préjugé implacable qui, par son caractère irrationnel et instinctif, ne peut être combattu

1. Benjamin Constant, *Discours*, 17 juillet 1824, dans *Écrits et discours politiques*, 2 vol., édités par O. Pozzo di Borgo, Jean-Jacques Pauvert, 1964, vol. 2, p. 66.

2. *Infra*, p. 85.

avec les armes de la seule raison ; d'où son choix d'en montrer l'absurdité depuis le point de vue de la personne discriminée.

Pour la première fois dans l'histoire de la littérature, « une femme noire, transplantée dès son enfance dans la société européenne, devenait ainsi l'objet principal du récit [1] », et pour la première fois un écrivain blanc donnait sa voix à une femme de couleur pour décrire l'effet de désagrégation psychologique que le racisme produit [2]. L'efficacité de sa dénonciation dépendait dans une large mesure du fait que la victime de cette aliénation ne cessait de s'avilir et se culpabiliser, obéissant en cela aux schémas mentaux et aux valeurs morales de la société qui la mettait à la marge.

« Différence, altérité et impuissance sociale [3] » sont aussi les mots clés sur lesquels s'est construite l'interprétation féministe des romans de Mme de Duras. À la lumière de cette lecture, l'infériorité raciale d'Ourika est rendue encore plus dramatique par la fragilité de la condition féminine de l'époque. En lui interdisant le mariage et la maternité, la société en effet lui nie la seule forme d'identité, la seule perspective de vie auxquelles une femme pouvait aspirer. Sa frustration affective, son absence de confiance en elle-même, son isolement sont alors ramenés à la pathologie nerveuse de Mme de Duras. Car, dans la perspective spécifique des *women's studies*, les souffrances d'Ourika témoignent, tout autant que celles de son auteur, de l'état de dépendance où sont tenues les femmes et de la tyrannie que le conformisme social exerce sur elles, quelle que soit leur position sociale.

On pourrait objecter que le rôle de premier plan joué par Mme de Duras dans la société de la Restauration démontre le contraire, mais cela reviendrait à ignorer le prix qu'elle en a payé, à commencer par la nécessité de mettre en veilleuse, autant que possible, sa vocation d'écrivain. Mme de Staël avait été plus courageuse qu'elle, mais dans *Delphine* comme dans *Corinne* elle avait illustré les risques que couraient les femmes

---

1. Roger Little, « Mme de Duras et *Ourika* », postface à *Ourika*, présentation et étude de Roger Little, nouvelle édition revue et augmentée, Exeter, University of Exeter Press, 1998 [1993], p. 33.

2. Cf. David O'Connell, « *Ourika* : black face, white mask », *Studies on the French Novel*, numéro spécial de *The French Review*, 6, printemps 1974, XLVII, p. 52.

3. Chantal Bertrand-Jennings, *Romantisme*, 3, I (1989), p. 39-50.

supérieures. Et Mme de Duras avait sans doute médité sur le fait que les héroïnes de ces deux romans finissaient par mourir, victimes du refus de pactiser avec les règles imposées par la société.

Avant même que la maison d'édition Des Femmes entreprenne de rééditer *Ourika* [1], introuvable depuis longtemps, en l'érigeant en icône de la littérature féministe, l'écrivain britannique John Fowles publiait en 1977 sa traduction anglaise du roman ; il rendait aussi hommage à une lecture de jeunesse, due au hasard, dont il avait perçu toute la charge maïeutique lorsqu'il s'apprêtait à écrire à son tour un roman appelé à un grand succès, *La Femme du lieutenant français.* Son interprétation ne découle pas de la théorie des genres et parle à tous les lecteurs : « *Ourika* touche vraiment un des points les plus profonds de l'art, le désespoir de ne jamais atteindre la liberté dans un milieu déterminé et déterminant. Voilà pourquoi *Ourika* d'un côté plonge ses racines dans le XVIIe siècle français, chez Racine, La Rochefoucauld, Mme de La Fayette, tandis que de l'autre côté elle regarde vers Sartre et Camus. C'est l'examen clinique d'une *outsider*, de l'éternel *étranger* dans la société humaine [2]. »

Benedetta CRAVERI

1. Mme de Duras, *Ourika*, une édition féministe de Claudine Hermann, Des Femmes, 1979.

2. John Fowles, préface à Claire de Duras, *Ourika*, traduction de John Fowles, Introduction de Joan DeJean et Margaret Waller, New York, The Modern Language Association of America, 1994, p. XXXI.

OURIKA

« *This is to be alone, this, this is solitude.* »

BYRON [1]

1. Lord Byron, *Childe Harold's Pilgrimage* (1812).

INTRODUCTION

J'étais arrivé depuis peu de mois de Montpellier, et je suivais à Paris la profession de la médecine, lorsque je fus appelé un matin au faubourg Saint-Jacques, pour voir dans un couvent une jeune religieuse malade. L'empereur Napoléon avait permis depuis peu le rétablissement de quelques-uns de ces couvents [1] : celui où je me rendais était destiné à l'éducation de la jeunesse, et appartenait à l'ordre des Ursulines. La Révolution avait ruiné une partie de l'édifice ; le cloître était à découvert d'un côté par la démolition de l'antique église, dont on ne voyait plus que quelques arceaux. Une religieuse m'introduisit dans ce cloître que nous traversâmes en marchant sur de longues pierres plates, qui formaient le pavé de ces galeries : je m'aperçus que c'étaient des tombes, car elles portaient toutes des inscriptions pour la plupart effacées par le temps. Quelques-unes de ces pierres avaient été brisées pendant la Révolution : la sœur me le fit remarquer, en me disant qu'on n'avait pas encore eu le temps de les réparer. Je n'avais jamais vu l'intérieur d'un couvent ; ce spectacle était tout nouveau pour moi. Du cloître nous passâmes dans le jardin, où la religieuse me dit qu'on avait porté la sœur malade : en effet, je l'aperçus à l'extrémité d'une longue allée de charmille ; elle était assise, et son grand

1. Après l'abolition des vœux perpétuels (13 février 1790) et la suppression des ordres religieux (12 octobre 1792) par l'Assemblée constituante, le premier Empire et la Restauration virent le rétablissement des congrégations religieuses.

voile noir l'enveloppait presque tout entière. « Voici le médecin », dit la sœur, et elle s'éloigna au même moment. Je m'approchais timidement, car mon cœur s'était serré en voyant ces tombes, et je me figurais que j'allais contempler une nouvelle victime des cloîtres : les préjugés de ma jeunesse venaient de se réveiller, et mon intérêt s'exaltait pour celle que j'allais visiter, en proportion du genre de malheur que je lui supposais. Elle se tourna vers moi, et je fus étrangement surpris en apercevant une négresse ! Mon étonnement s'accrut encore par la politesse de son accueil et le choix des expressions dont elle se servait. « Vous venez voir une personne bien malade, me dit-elle : à présent je désire guérir, mais je ne l'ai pas toujours souhaité, et c'est peut-être ce qui m'a fait tant de mal. » Je la questionnai sur sa maladie. « J'éprouve, me dit-elle, une oppression continuelle ; je n'ai plus de sommeil, et la fièvre ne me quitte pas. » Son aspect ne confirmait que trop cette triste description de son état ; sa maigreur était excessive, ses yeux brillants et fort grands, ses dents, d'une blancheur éblouissante, éclairaient seuls sa physionomie ; l'âme vivait encore, mais le corps était détruit, et elle portait toutes les marques d'un long et violent chagrin. Touché au-delà de l'expression, je résolus de tout tenter pour la sauver ; je commençai à lui parler de la nécessité de calmer son imagination, de se distraire, d'éloigner des sentiments pénibles. « Je suis heureuse, me dit-elle ; jamais je n'ai éprouvé tant de calme et de bonheur. » L'accent de sa voix était sincère ; cette douce voix ne pouvait tromper ; mais mon étonnement s'accroissait à chaque instant. « Vous n'avez pas toujours pensé ainsi, lui dis-je, et vous portez la trace de bien longues souffrances. – Il est vrai, dit-elle, j'ai trouvé bien tard le repos de mon cœur, mais à présent je suis heureuse. – Eh bien ! s'il en est ainsi, repris-je, c'est le passé qu'il faut guérir ; espérons que nous en viendrons à bout : mais ce passé, je ne puis le guérir sans le connaître. – Hélas ! répondit-elle, ce sont des folies ! » En prononçant ces mots, une larme vint mouiller le bord de sa paupière.

« Et vous dites que vous êtes heureuse ! m'écriai-je. – Oui, je le suis, reprit-elle avec fermeté, et je ne changerais pas mon bonheur contre le sort qui m'a fait autrefois tant d'envie. Je n'ai point de secret : mon malheur, c'est l'histoire de toute ma vie. J'ai tant souffert jusqu'au jour où je suis entrée dans cette maison, que peu à peu ma santé s'est ruinée. Je me sentais dépérir avec joie ; car je ne voyais dans l'avenir aucune espérance. Cette pensée était bien coupable ! vous le voyez, j'en suis punie ; et lorsque enfin je souhaite de vivre, peut-être que je ne le pourrai plus. » Je la rassurai, je lui donnai des espérances de guérison prochaine ; mais en prononçant ces paroles consolantes, en lui promettant la vie, je ne sais quel triste pressentiment m'avertissait qu'il était trop tard et que la mort avait marqué sa victime.

Je revis plusieurs fois cette jeune religieuse ; l'intérêt que je lui montrais paraissait la toucher. Un jour, elle revint d'elle-même au sujet où je désirais la conduire. « Les chagrins que j'ai éprouvés, dit-elle, doivent paraître si étranges, que j'ai toujours senti une grande répugnance à les confier : il n'y a point de juge des peines des autres, et les confidents sont presque toujours des accusateurs. – Ne craignez pas cela de moi, lui dis-je ; je vois assez le ravage que le chagrin a fait en vous pour croire le vôtre sincère. – Vous le trouverez sincère, dit-elle, mais il vous paraîtra déraisonnable. – Et en admettant ce que vous dites, repris-je, cela exclut-il la sympathie ? – Presque toujours, répondit-elle : mais cependant, si, pour me guérir, vous avez besoin de connaître les peines qui ont détruit ma santé, je vous les confierai quand nous nous connaîtrons un peu davantage. »

Je rendis mes visites au couvent de plus en plus fréquentes ; le traitement que j'indiquai parut produire quelque effet. Enfin, un jour de l'été dernier, la retrouvant seule dans le même berceau, sur le même banc où je l'avais vue la première fois, nous reprîmes la même conversation, et elle me conta ce qui suit.

Je fus rapportée du Sénégal, à l'âge de deux ans, par M. le chevalier de B.[1], qui en était gouverneur. Il eut pitié de moi, un jour qu'il voyait embarquer des esclaves sur un bâtiment négrier qui allait bientôt quitter le port : ma mère était morte, et on m'emportait dans le vaisseau, malgré mes cris. M. de B. m'acheta, et, à son arrivée en France, il me donna à Mme la maréchale de B. sa tante, la personne la plus aimable de son temps, et celle qui sut réunir, aux qualités les plus élevées la bonté la plus touchante.

Me sauver de l'esclavage, me choisir pour bienfaitrice Mme de B., c'était me donner deux fois la vie : je fus ingrate envers la Providence en n'étant point heureuse ; et cependant le bonheur résulte-t-il toujours de ces dons de l'intelligence ? Je croirais plutôt le contraire : il faut payer le bienfait de savoir par le désir d'ignorer, et la fable ne nous dit pas si Galatée trouva le bonheur après avoir reçu la vie[2].

Je ne sus que longtemps après l'histoire des premiers jours de mon enfance. Mes plus anciens souvenirs ne me retracent que le salon de Mme de B. ; j'y passais ma vie,

1. Le chevalier de Boufflers fut gouverneur du Sénégal de 1785 à 1787.

2. Révolté contre le mariage et les courtisanes de l'île de Chypre où il résidait, Pygmalion sculpta la femme idéale, qu'il nomma Galatée, avant d'obtenir de la déesse Aphrodite qu'elle lui donnât la vie (Ovide, *Métamorphoses*, X, 243-297).

aimée d'elle, caressée, gâtée par tous ses amis, accablée de présents, vantée, exaltée comme l'enfant le plus spirituel et le plus aimable.

Le ton de cette société était l'engouement, mais un engouement dont le bon goût savait exclure tout ce qui ressemblait à l'exagération : on louait tout ce qui prêtait à la louange, on excusait tout ce qui prêtait au blâme, et souvent, par une adresse encore plus aimable, on transformait en qualités les défauts mêmes. Le succès donne du courage ; on valait près de Mme de B. tout ce qu'on pouvait valoir, et peut-être un peu plus, car elle prêtait quelque chose d'elle à ses amis sans s'en douter elle-même : et, en la voyant, en l'écoutant, on croyait lui ressembler.

Vêtue à l'orientale, assise aux pieds de Mme de B., j'écoutais, sans la comprendre encore, la conversation des hommes les plus distingués de ce temps-là. Je n'avais rien de la turbulence des enfants ; j'étais pensive avant de penser, j'étais heureuse à côté de Mme de B. : aimer, pour moi, c'était être là, c'était l'entendre, lui obéir, la regarder surtout ; je ne désirais rien de plus. Je ne pouvais m'étonner de vivre au milieu du luxe, de n'être entourée que des personnes les plus spirituelles et les plus aimables ; je ne connaissais pas autre chose : mais, sans le savoir, je prenais un grand dédain pour tout ce qui n'était pas ce monde où je passais ma vie. Le bon goût est à l'esprit ce qu'une oreille juste est aux sons. Encore toute enfant, le manque de goût me blessait ; je le sentais avant de pouvoir le définir, et l'habitude me l'avait rendu comme nécessaire. Cette disposition eût été dangereuse si j'avais eu un avenir ; mais je n'avais pas d'avenir, et je ne m'en doutais pas.

J'arrivai jusqu'à l'âge de douze ans sans avoir eu l'idée qu'on pouvait être heureuse autrement que je ne l'étais. Je n'étais pas fâchée d'être une négresse : on me disait que j'étais charmante ; d'ailleurs rien ne m'avertissait que ce fût un désavantage : je ne voyais presque pas d'autres enfants ; un seul était mon ami, et ma couleur noire ne l'empêchait pas de m'aimer.

Ma bienfaitrice avait deux petits-fils, enfants d'une fille qui était morte jeune. Charles, le cadet, était à peu près de mon âge. Élevé avec moi, il était mon protecteur, mon conseil et mon soutien dans toutes mes petites fautes. À sept ans, il alla au collège : je pleurai en le quittant ; ce fut ma première peine. Je pensais souvent à lui, mais je ne le voyais presque plus. Il étudiait, et moi, de mon côté, j'apprenais, pour plaire à Mme de B., tout ce qui devait former une éducation parfaite. Elle voulut que j'eusse tous les talents : j'avais de la voix, les maîtres les plus habiles l'exercèrent ; j'avais le goût de la peinture, et un peintre célèbre, ami de Mme de B., se chargea de diriger mes efforts ; j'appris l'anglais, l'italien, et Mme de B. elle-même s'occupait de mes lectures. Elle guidait mon esprit, formait mon jugement : en causant avec elle, en découvrant tous les trésors de son âme, je sentais la mienne s'élever, et c'était l'admiration qui m'ouvrait les voies de l'intelligence. Hélas ! je ne prévoyais pas que ces douces études seraient suivies de jours si amers : je ne pensais qu'à plaire à Mme de B. ; un sourire d'approbation sur ses lèvres était tout mon avenir.

Cependant des lectures multipliées, celle des poètes surtout, commençaient à occuper ma jeune imagination ; mais, sans but, sans projet, je promenais au hasard mes pensées errantes, et, avec la confiance de mon jeune âge, je me disais que Mme de B. saurait bien me rendre heureuse : sa tendresse pour moi, la vie que je menais, tout prolongeait mon erreur et autorisait mon aveuglement. Je vais vous donner un exemple des soins et des préférences dont j'étais l'objet.

Vous aurez peut-être de la peine à croire, en me voyant aujourd'hui, que j'aie été citée pour l'élégance et la beauté de ma taille. Mme de B. vantait souvent ce qu'elle appelait ma grâce, et elle avait voulu que je susse parfaitement danser. Pour faire briller ce talent, ma bienfaitrice donna un bal dont ses petits-fils furent le prétexte, mais dont le véritable motif était de me montrer fort à mon avantage dans un quadrille des quatre parties du monde où je devais représenter l'Afrique. On consulta les voyageurs, on feuilleta les livres de costumes, on lut des ouvrages savants sur la musique africaine, enfin on choisit une *comba*, danse nationale de mon pays. Mon danseur mit un crêpe sur son visage : hélas ! je n'eus pas besoin d'en mettre sur le mien ; mais je ne fis pas alors cette réflexion : tout entière au plaisir du bal, je dansais la *comba*, et j'eus tout le succès qu'on pouvait attendre de la nouveauté du spectacle et du choix des spectateurs, dont la plupart, amis de Mme de B., s'enthousiasmaient pour moi, et croyaient lui faire plaisir en se laissant aller à toute la vivacité de ce sentiment. La danse d'ailleurs était piquante ; elle se composait d'un mélange d'attitudes et de pas mesurés ; on y peignait l'amour, la douleur, le triomphe et le désespoir. Je ne connaissais encore aucun de ces mouvements violents de l'âme ; mais je ne sais quel instinct me les faisait deviner ; enfin je réussis. On m'applaudit, on m'entoura, on m'accabla d'éloges : ce plaisir fut sans mélange ; rien ne troublait alors ma sécurité. Ce fut peu de jours après ce bal qu'une conversation, que j'entendis par hasard, ouvrit mes yeux et finit ma jeunesse.

Il y avait dans le salon de Mme de B. un grand paravent de laque. Ce paravent cachait une porte ; mais il s'étendait aussi près d'une des fenêtres, et, entre le paravent et la fenêtre, se trouvait une table où je dessinais quelquefois. Un jour, je finissais avec application une miniature : absorbée par mon travail, j'étais restée longtemps immobile, et sans doute Mme de B. me croyait sortie, lorsqu'on annonça une de ses amies, la marquise de ... C'était une personne d'une raison brusque, d'un esprit tranchant, positive jusqu'à la sécheresse ; elle portait ce caractère dans l'amitié : les sacrifices ne lui coûtaient rien pour le bien et pour l'avantage de ses amis ;

mais elle leur faisait payer cher ce grand attachement. Inquisitive et difficile, son exigence égalait son dévouement, et elle était la moins aimable des amies de Mme de B. Je la craignais, quoiqu'elle fût bonne pour moi ; mais elle l'était à sa manière : examiner, et même assez sévèrement, était pour elle un signe d'intérêt. Hélas ! j'étais si accoutumée à la bienveillance, que la justice me semblait toujours redoutable. « Pendant que nous sommes seules, dit Mme de ... à Mme de B., je veux vous parler d'Ourika [1] : elle devient charmante, son esprit est tout à fait formé, elle causera comme vous, elle est pleine de talents, elle est piquante, naturelle ; mais que deviendra-t-elle ? et enfin qu'en ferez-vous ? – Hélas ! dit Mme de B., cette pensée m'occupe souvent, et, je vous l'avoue, toujours avec tristesse : je l'aime comme si elle était ma fille ; je ferais tout pour la rendre heureuse ; et cependant, lorsque je réfléchis à sa position, je la trouve sans remède. Pauvre Ourika ! je la vois seule, pour toujours seule dans la vie ! »

Il me serait impossible de vous peindre l'effet que produisit en moi ce peu de paroles ; l'éclair n'est pas plus prompt : je vis tout, je me vis négresse, dépendante, méprisée, sans fortune, sans appui, sans un être de mon espèce à qui unir mon sort, jusqu'ici un jouet, un amusement pour ma bienfaitrice, bientôt rejetée d'un monde où je n'étais pas faite pour être admise. Une affreuse palpitation me saisit, mes yeux s'obscurcirent, le battement de mon cœur m'ôta un instant la faculté d'écouter encore ; enfin je me remis assez pour entendre la suite de cette conversation.

« Je crains, disait Mme de ..., que vous ne la rendiez malheureuse. Que voulez-vous qui la satisfasse, maintenant qu'elle a passé sa vie dans l'intimité de votre société ? – Mais elle y restera, dit Mme de B. – Oui, reprit

1. Le prénom Ourika est également celui d'un personnage de *Mirza*, récit de Mme de Staël (voir la Présentation, *supra*, p. 72).

Mme de ..., tant qu'elle est un enfant : mais elle a quinze ans. À qui la marierez-vous, avec l'esprit qu'elle a ct l'éducation que vous lui avez donnée ? Qui voudra jamais épouser une négresse ? Et si, à force d'argent, vous trouvez quelqu'un qui consente à avoir des enfants nègres, ce sera un homme d'une condition inférieure, et avec qui elle se trouvera malheureuse. Elle ne peut vouloir que de ceux qui ne voudront pas d'elle. – Tout cela est vrai, dit Mme de B. ; mais heureusement elle ne s'en doute point encore, et elle a pour moi un attachement qui, j'espère, la préservera longtemps de juger sa position. Pour la rendre heureuse, il eût fallu en faire une personne commune : je crois sincèrement que cela était impossible. Eh bien ! peut-être sera-t-elle assez distinguée pour se placer au-dessus de son sort, n'ayant pu rester au-dessous. – Vous vous faites des chimères, dit Mme de ... : la philosophie nous place au-dessus des maux de la fortune ; mais elle ne peut rien contre les maux qui viennent d'avoir brisé l'ordre de la nature. Ourika n'a pas rempli sa destinée : elle s'est placée dans la société sans sa permission ; la société se vengera. – Assurément, dit Mme de B., elle est bien innocente de ce crime : mais vous êtes sévère pour cette pauvre enfant. – Je lui veux plus de bien que vous, reprit Mme de ... ; je désire son bonheur, et vous la perdez. » Mme de B. répondit avec impatience, et j'allais être la cause d'une querelle entre les deux amies, quand on annonça une visite : je me glissai derrière le paravent ; je m'échappai ; je courus dans ma chambre, où un déluge de larmes soulagea un instant mon pauvre cœur.

C'était un grand changement dans ma vie, que la perte de ce prestige qui m'avait environnée jusqu'alors ! Il y a des illusions qui sont comme la lumière du jour ; quand on les perd, tout disparaît avec elles. Dans la confusion des nouvelles idées qui m'assaillaient, je ne retrouvais plus rien de ce qui m'avait occupée jusqu'alors : c'était un abîme avec toutes ses terreurs. Ce mépris dont je me voyais poursuivie ; cette société où j'étais déplacée ; cet homme qui, à prix d'argent, consentirait peut-être que ses enfants fussent nègres ! toutes ces pensées s'élevaient successivement comme des fantômes et s'attachaient sur moi comme des furies : l'isolement surtout ; cette conviction que j'étais seule, pour toujours seule dans la vie, Mme de B. l'avait dit ; et à chaque instant je me répétais, seule ! pour toujours seule ! La veille encore, que m'importait d'être seule ? je n'en savais rien ; je ne le sentais pas ; j'avais besoin de ce que j'aimais, je ne songeais pas que ce que j'aimais n'avait pas besoin de moi. Mais à présent, mes yeux étaient ouverts, et le malheur avait déjà fait entrer la défiance dans mon âme.

Quand je revins chez Mme de B., tout le monde fut frappé de mon changement ; on me questionna : je dis que j'étais malade ; on le crut. Mme de B. envoya chercher Barthez [1], qui m'examina avec soin, me tâta le pouls, et dit brusquement que je n'avais rien. Mme de B. se rassura, et essaya de me distraire et de m'amuser. Je n'ose dire combien j'étais ingrate pour ces soins de ma bienfaitrice ; mon âme s'était comme resserrée en elle-même. Les bienfaits qui sont doux à recevoir, sont ceux dont le cœur s'acquitte : le mien était rempli d'un sentiment trop amer pour se répandre au-dehors. Des combinaisons infinies, les mêmes pensées occupaient tout mon temps ; elles se reproduisaient sous mille formes différentes : mon imagination leur prêtait les couleurs les plus sombres ; souvent mes nuits entières se passaient à pleurer. J'épuisais ma pitié sur moi-même ; ma figure me faisait horreur, je n'osais plus me regarder dans une glace ; lorsque mes yeux se portaient sur mes mains noires, je croyais voir celles d'un singe ; je m'exagérais ma laideur, et cette couleur me paraissait comme le signe de ma réprobation ; c'est elle qui me séparait de tous les êtres de mon espèce, qui me condamnait à être seule, toujours seule !

1. Paul Joseph Barthez (1734-1806), qui soignait Louis XVI et le duc d'Orléans, fut l'un des plus éminents médecins français du XVIIIe siècle.

jamais aimée ! Un homme, à prix d'argent, consentirait peut-être que ses enfants fussent nègres ! Tout mon sang se soulevait d'indignation à cette pensée. J'eus un moment l'idée de demander à Mme de B. de me renvoyer dans mon pays ; mais là encore j'aurais été isolée : qui m'aurait entendue, qui m'aurait comprise ! Hélas ! je n'appartenais plus à personne ; j'étais étrangère à la race humaine tout entière !

Ce n'est que bien longtemps après que je compris la possibilité de me résigner à un tel sort. Mme de B. n'était point dévote ; je devais à un prêtre respectable, qui m'avait instruite pour ma première communion, ce que j'avais de sentiments religieux. Ils étaient sincères comme tout mon caractère ; mais je ne savais pas que, pour être profitable, la piété a besoin d'être mêlée à toutes les actions de la vie : la mienne avait occupé quelques instants de mes journées ; mais elle était demeurée étrangère à tout le reste. Mon confesseur était un saint vieillard, peu soupçonneux ; je le voyais deux ou trois fois par an, et, comme je n'imaginais pas que des chagrins fussent des fautes, je ne lui parlais pas de mes peines. Elles altéraient sensiblement ma santé ; mais, chose étrange ! elles perfectionnaient mon esprit. Un sage d'Orient a dit : « Celui qui n'a pas souffert, que sait-il ? » Je vis que je ne savais rien avant mon malheur ; mes impressions étaient toutes des sentiments ; je ne jugeais pas ; j'aimais : les discours, les actions, les personnes plaisaient ou déplaisaient à mon cœur. À présent, mon esprit s'était séparé de ces mouvements involontaires : le chagrin est comme l'éloignement, il fait juger l'ensemble des objets. Depuis que je me sentais étrangère à tout, j'étais devenue plus difficile, et j'examinais, en le critiquant, presque tout ce qui m'avait plu jusqu'alors.

Cette disposition ne pouvait échapper à Mme de B. ; je n'ai jamais su si elle en devina la cause. Elle craignait peut-être d'exalter ma peine en me permettant de la confier : mais elle me montrait encore plus de bonté que de coutume ; elle me parlait avec un entier abandon, et, pour me distraire de mes chagrins, elle m'occupait de ceux qu'elle avait elle-même. Elle jugeait bien mon cœur ; je ne pouvais en effet me rattacher à la vie que par l'idée d'être nécessaire ou du moins utile à ma bienfaitrice. La pensée qui me poursuivait le plus, c'est que j'étais isolée sur la terre, et que je pouvais mourir sans laisser de regrets dans le cœur de personne. J'étais injuste pour Mme de B. ; elle m'aimait, elle me l'avait assez prouvé : mais elle avait des intérêts qui passaient bien avant moi. Je n'enviais pas sa tendresse à ses petits-fils, surtout à Charles ; mais j'aurais voulu pouvoir dire comme eux : Ma mère !

Les liens de famille surtout me faisaient faire des retours bien douloureux sur moi-même, moi qui jamais ne devais être la sœur, la femme, la mère de personne ! Je me figurais dans ces liens plus de douceur qu'ils n'en ont peut-être, et je négligeais ceux qui m'étaient permis, parce que je ne pouvais atteindre à ceux-là. Je n'avais point d'amie, personne n'avait ma confiance : ce que j'avais pour Mme de B. était plutôt un culte qu'une affection ; mais je crois que je sentais pour Charles tout ce qu'on éprouve pour un frère.

Il était toujours au collège, qu'il allait bientôt quitter pour commencer ses voyages. Il partait avec son frère aîné et son gouverneur, et ils devaient visiter l'Allemagne, l'Angleterre et l'Italie ; leur absence devait durer deux ans. Charles était charmé de partir ; et moi, je ne fus affligée qu'au dernier moment : car j'étais toujours bien aise de ce qui lui faisait plaisir. Je ne lui avais rien dit de toutes les idées qui m'occupaient ; je ne le voyais jamais seul, et il m'aurait fallu bien du temps pour lui expliquer ma peine : je suis sûre qu'alors il m'aurait comprise. Mais il avait, avec son air doux et grave, une disposition à la moquerie, qui me rendait timide : il est vrai qu'il ne l'exerçait guère que sur les ridicules de l'affectation ; tout ce qui était sincère le désarmait. Enfin je ne lui dis rien.

Son départ, d'ailleurs, était une distraction, et je crois que cela me faisait du bien de m'affliger d'autre chose que de ma douleur habituelle.

Ce fut peu de temps après le départ de Charles, que la Révolution prit un caractère plus sérieux : je n'entendais parler tout le jour, dans le salon de Mme de B., que des grands intérêts moraux et politiques que cette Révolution remua jusque dans leur source ; ils se rattachaient à ce qui avait occupé les esprits supérieurs de tous les temps. Rien n'était plus capable d'étendre et de former mes idées, que le spectacle de cette arène où des hommes distingués remettaient chaque jour en question tout ce qu'on avait pu croire jugé jusqu'alors. Ils approfondissaient tous les sujets, remontaient à l'origine de toutes les institutions, mais trop souvent pour tout ébranler et pour tout détruire.

Croiriez-vous que, jeune comme j'étais, étrangère à tous les intérêts de la société, nourrissant à part ma plaie secrète, la Révolution apporta un changement dans mes idées, fit naître dans mon cœur quelques espérances, et suspendit un moment mes maux ? tant on cherche vite ce qui peut consoler ! J'entrevis donc que, dans ce grand désordre, je pourrais trouver ma place ; que toutes les fortunes renversées, tous les rangs confondus, tous les préjugés évanouis, amèneraient peut-être un état de chose où je serais moins étrangère ; et que si j'avais quelque supériorité d'âme, quelque qualité cachée, on l'apprécierait lorsque ma couleur ne m'isolerait plus au milieu du monde, comme elle avait fait jusqu'alors. Mais il arriva que ces qualités mêmes que je pouvais me trouver, s'opposèrent vite à mon illusion : je ne pus désirer longtemps beaucoup de mal pour un peu de bien personnel. D'un autre côté, j'apercevais les ridicules de ces personnages qui voulaient maîtriser les événements ; je jugeais les petitesses de leurs caractères, je devinais leurs vues secrètes ; bientôt leur fausse philanthropie cessa de m'abuser, et je renonçai à l'espérance, en voyant qu'il resterait encore assez de mépris pour moi au milieu de tant d'adversités. Cependant je m'intéressais toujours à ces discussions animées ; mais elles ne tardèrent pas à perdre ce qui faisait leur plus grand charme. Déjà le temps n'était plus où l'on ne songeait qu'à plaire, et où la première condition pour y réussir était l'oubli des succès de son amour-propre : lorsque la Révolution cessa d'être une belle théorie et qu'elle toucha aux intérêts intimes de chacun, les conversations dégénérèrent en disputes, et l'aigreur, l'amertume et les personnalités prirent la place de la raison. Quelquefois, malgré ma tristesse, je m'amusais de toutes ces violentes opinions, qui n'étaient, au fond, presque jamais que des prétentions, des affectations ou des peurs : mais la gaieté qui vient de l'observation des ridicules, ne fait pas de bien ; il y a trop de malignité dans cette gaieté, pour qu'elle puisse réjouir le cœur qui ne se plaît que dans les joies innocentes. On peut avoir cette gaieté moqueuse, sans cesser d'être malheureux ; peut-être même le malheur rend-il plus susceptible de l'éprouver, car l'amertume dont l'âme se nourrit fait l'aliment habituel de ce triste plaisir.

L'espoir sitôt détruit que m'avait inspiré la Révolution, n'avait point changé la situation de mon âme ; toujours mécontente de mon sort, mes chagrins n'étaient adoucis que par la confiance et les bontés de Mme de B. Quelquefois, au milieu de ces conversations politiques dont elle ne pouvait réussir à calmer l'aigreur, elle me regardait tristement ; ce regard était un baume pour mon cœur ; il semblait me dire : Ourika, vous seule m'entendez !

On commençait à parler de la liberté des nègres [1] : il était impossible que cette question ne me touchât pas vivement ; c'était une illusion que j'aimais encore à me faire, qu'ailleurs, du moins, j'avais des semblables :

1. Sur la question de l'abolition de l'esclavage en France, voir la Présentation, *supra*, p. 71.

comme ils étaient malheureux, je les croyais bons, et je m'intéressais à leur sort. Hélas ! je fus promptement détrompée ! Les massacres de Saint-Domingue [1] me causèrent une douleur nouvelle et déchirante : jusqu'ici je m'étais affligée d'appartenir à une race proscrite ; maintenant j'avais honte d'appartenir à une race de barbares et d'assassins.

Cependant, la Révolution faisait des progrès rapides ; on s'effrayait en voyant les hommes les plus violents s'emparer de toutes les places. Bientôt il parut que ces hommes étaient décidés à ne rien respecter : les affreuses journées du 20 juin et du 10 août [2] durent préparer à tout. Ce qui restait de la société de Mme de B. se dispersa à cette époque : les uns fuyaient les persécutions dans les pays étrangers ; les autres se cachaient ou se retiraient en province. Mme de B. ne fit ni l'un ni l'autre ; elle était fixée chez elle par l'occupation constante de son cœur : elle resta avec un souvenir et près d'un tombeau.

Nous vivions depuis quelques mois dans la solitude, lorsque, à la fin de l'année 1792, parut le décret de confiscation des biens des émigrés [3]. Au milieu de ce désastre général, Mme de B. n'aurait pas compté la perte de sa fortune, si elle n'eût appartenu à ses petits-fils ; mais, par des arrangements de famille, elle n'en avait que la jouissance. Elle se décida donc à faire revenir Charles, le plus jeune des deux frères, et à envoyer l'aîné, âgé de près de

1. Allusion à la révolte des esclaves noirs de Saint-Domingue en août 1791.

2. Allusion à deux journées d'insurrection qui menèrent à l'effondrement de la monarchie. Ayant échoué, le 20 juin 1792, à forcer Louis XVI à lever le veto qu'il avait opposé à deux décrets votés par l'Assemblée législative, les révolutionnaires préparèrent l'insurrection du 10 août, lors de laquelle fut décrétée la suspension du roi et son internement.

3. La confiscation et la vente des biens des émigrés furent décidées le 9 février 1792 par l'Assemblée législative, et le décret en réglant l'administration est daté du 30 mars.

vingt ans, à l'armée de Condé [1]. Ils étaient alors en Italie, et achevaient ce grand voyage, entrepris, deux ans auparavant, dans des circonstances bien différentes. Charles arriva à Paris au commencement de février 1793, peu de temps après la mort du roi [2].

Ce grand crime avait causé à Mme de B. la plus violente douleur ; elle s'y livrait tout entière, et son âme était assez forte pour proportionner l'horreur du forfait à l'immensité du forfait même. Les grandes douleurs, dans la vieillesse, ont quelque chose de frappant : elles ont pour elles l'autorité de la raison. Mme de B. souffrait avec toute l'énergie de son caractère ; sa santé en était altérée, mais je n'imaginais pas qu'on pût essayer de la consoler, ou même de la distraire. Je pleurais, je m'unissais à ses sentiments, j'essayais d'élever mon âme pour la rapprocher de la sienne, pour souffrir du moins autant qu'elle et avec elle.

Je ne pensai presque pas à mes peines, tant que dura la Terreur : j'aurais eu honte de me trouver malheureuse en présence de ces grandes infortunes : d'ailleurs, je ne me sentais plus isolée depuis que tout le monde était malheureux. L'opinion est comme une patrie ; c'est un bien dont on jouit ensemble ; on est frère pour la soutenir et pour la défendre. Je me disais quelquefois que moi, pauvre négresse, je tenais pourtant à toutes les âmes élevées, par le besoin de la justice que j'éprouvais en commun avec elles : le jour du triomphe de la vertu et de la vérité serait un jour de triomphe pour moi comme pour elles : mais, hélas ! ce jour était bien loin.

Aussitôt que Charles fut arrivé, Mme de B. partit pour la campagne. Tous ses amis étaient cachés ou en fuite ; sa société se trouvait presque réduite à un vieil abbé que,

---

1. Cette armée, composée d'émigrés sous les ordres du prince de Condé, visait à lutter, aux côtés des troupes étrangères, contre les armées républicaines.

2. Le 21 janvier 1793.

depuis dix ans, j'entendais tous les jours se moquer de la religion, et qui à présent s'irritait qu'on eût vendu les biens du clergé [1], parce qu'il y perdait vingt mille livres de rente. Cet abbé vint avec nous à Saint-Germain. Sa société était douce, ou plutôt elle était tranquille : car son calme n'avait rien de doux ; il venait de la tournure de son esprit, plutôt que de la paix de son cœur.

Mme de B. avait été toute sa vie dans la position de rendre beaucoup de services : liée avec M. de Choiseul [2], elle avait pu, pendant ce long ministère, être utile à bien des gens. Deux des hommes les plus influents pendant la Terreur avaient des obligations à Mme de B. ; ils s'en souvinrent et se montrèrent reconnaissants. Veillant sans cesse sur elle, ils ne permirent pas qu'elle fût atteinte ; ils risquèrent plusieurs fois leur vie pour dérober la sienne aux fureurs révolutionnaires : car on doit remarquer qu'à cette époque funeste, les chefs mêmes des partis les plus violents ne pouvaient faire un peu de bien sans danger ; il semblait que, sur cette terre désolée, on ne pût régner que par le mal, tant lui seul donnait et ôtait la puissance. Mme de B. n'alla point en prison ; elle fut gardée chez elle, sous prétexte de sa mauvaise santé. Charles, l'abbé et moi, nous restâmes auprès d'elle et nous lui donnions tous nos soins.

Rien ne peut peindre l'état d'anxiété et de terreur des journées que nous passâmes alors, lisant chaque soir, dans les journaux, la condamnation et la mort des amis de Mme de B., et tremblant à tout instant que ses protecteurs n'eussent plus le pouvoir de la garantir du même sort. Nous sûmes qu'en effet elle était au moment de périr, lorsque la mort de Robespierre [3] mit un terme à tant d'hor-

1. Le 2 novembre 1789, l'Assemblée constituante décida la sécularisation des biens ecclésiastiques.

2. Le duc de Choiseul (1719-1785) fut membre du gouvernement jusqu'en 1770.

3. Le 28 juillet 1794.

reurs. On respira ; les gardes quittèrent la maison de Mme de B., et nous restâmes tous quatre dans la même solitude, comme on se retrouve, j'imagine, après une grande calamité à laquelle on a échappé ensemble. On aurait cru que tous les liens s'étaient resserrés par le malheur : j'avais senti que là, du moins, je n'étais pas étrangère.

Si j'ai connu quelques instants doux dans ma vie, depuis la perte des illusions de mon enfance, c'est l'époque qui suivit ces temps désastreux. Mme de B. possédait au suprême degré ce qui fait le charme de la vie intérieure : indulgente et facile, on pouvait tout dire devant elle ; elle savait deviner ce que voulait dire ce qu'on avait dit. Jamais une interprétation sévère ou infidèle ne venait glacer la confiance ; les pensées passaient pour ce qu'elles valaient ; on n'était responsable de rien. Cette qualité eût fait le bonheur des amis de Mme de B., quand bien même elle n'eût possédé que celle-là. Mais combien d'autres grâces n'avait-elle pas encore ! Jamais on ne sentait de vide ni d'ennui dans sa conversation ; tout lui servait d'aliment : l'intérêt qu'on prend aux petites choses, qui est de la futilité dans les personnes communes, est la source de mille plaisirs avec une personne distinguée ; car c'est le propre des esprits supérieurs de faire quelque chose de rien. L'idée la plus ordinaire devenait féconde si elle passait par la bouche de Mme de B. ; son esprit et sa raison savaient la revêtir de mille nouvelles couleurs.

Charles avait des rapports de caractère avec Mme de B., et son esprit aussi ressemblait au sien, c'est-à-dire qu'il était ce que celui de Mme de B. avait dû être, juste, ferme, étendu, mais sans modifications ; la jeunesse ne les connaît pas : pour elle, tout est bien ou tout est mal, tandis que l'écueil de la vieillesse est souvent de trouver que rien n'est tout à fait bien, et rien tout à fait mal. Charles avait les deux belles passions de son âge, la justice et la vérité. J'ai dit qu'il haïssait jusqu'à l'ombre de l'affectation ; il avait le défaut d'en voir quelquefois où il n'y en avait pas. Habituellement contenu, sa confiance était flatteuse ; on voyait qu'il la donnait, qu'elle était le fruit de l'estime, et non le penchant de son caractère : tout ce qu'il accordait avait du prix, car presque rien en lui n'était involontaire, et tout cependant était naturel. Il comptait tellement sur moi, qu'il n'avait pas une pensée qu'il ne me dît aussitôt. Le soir, assis autour d'une table, les conversations étaient infinies : notre vieil abbé y tenait sa place ; il s'était fait un enchaînement si complet d'idées fausses, et il les soutenait avec tant de bonne foi, qu'il était une source inépuisable d'amusement pour Mme de B., dont l'esprit juste et lumineux faisait admirablement ressortir les absurdités du pauvre abbé, qui ne se fâchait jamais ; elle jetait tout au travers de son *ordre d'idées*, de grands traits de bon sens que nous comparions aux grands coups d'épée de Roland[1] ou de Charlemagne.

Mme de B. aimait à marcher ; elle se promenait tous les matins dans la forêt de Saint-Germain, donnant le bras à l'abbé ; Charles et moi nous la suivions de loin. C'est alors qu'il me parlait de tout ce qui l'occupait, de ses projets, de ses espérances, de ses idées sur tout, sur les choses, sur les hommes, sur les événements. Il ne me cachait rien, et il ne se doutait pas qu'il me confiât quelque chose. Depuis si longtemps il comptait sur moi, que mon amitié était pour lui comme sa vie ; il en jouissait sans la sentir ; il ne me demandait ni intérêt ni attention ; il savait bien qu'en me parlant de lui, il me parlait de moi, et que j'étais plus *lui* que lui-même : charme d'une telle confiance, vous pouvez tout remplacer, remplacer le bonheur même !

Je ne pensais jamais à parler à Charles de ce qui m'avait tant fait souffrir ; je l'écoutais, et ces conversations avaient sur moi je ne sais quel effet magique, qui amenait l'oubli de mes peines. S'il m'avait questionnée, il

1. Allusion au *Roland furieux* de l'Arioste.

m'en eût fait souvenir ; alors je lui aurais tout dit : mais il n'imaginait pas que j'avais aussi un secret. On était accoutumé à me voir souffrante ; et Mme de B. faisait tant pour mon bonheur, qu'elle devait me croire heureuse. J'aurais dû l'être ; et je me le disais souvent ; je m'accusais d'ingratitude ou de folie ; je ne sais si j'aurais osé avouer jusqu'à quel point ce mal sans remède de ma couleur me rendait malheureuse. Il y a quelque chose d'humiliant à ne pas savoir se soumettre à la nécessité : aussi, ces douleurs, quand elles maîtrisent l'âme, ont tous les caractères du désespoir. Ce qui m'intimidait aussi avec Charles, c'est cette tournure un peu sévère de ses idées. Un soir, la conversation s'était établie sur la pitié, et on se demandait si les chagrins inspirent plus d'intérêt par leurs résultats ou par leurs causes. Charles s'était prononcé pour la cause ; il pensait donc qu'il fallait que toutes les douleurs fussent raisonnables. Mais qui peut dire ce que c'est que la raison ? est-elle la même pour tout le monde ? tous les cœurs ont-ils tous les mêmes besoins ? et le malheur n'est-il pas la privation des besoins du cœur ?

Il était rare cependant que nos conversations du soir me ramenassent ainsi à moi-même ; je tâchais d'y penser le moins que je pouvais ; j'avais ôté de ma chambre tous les miroirs, je portais toujours des gants ; mes vêtements cachaient mon cou et mes bras, et j'avais adopté, pour sortir, un grand chapeau avec un voile, que souvent même je gardais dans la maison. Hélas ! je me trompais ainsi moi-même : comme les enfants, je fermais les yeux, et je croyais qu'on ne me voyait pas.

Vers la fin de l'année 1795, la Terreur était finie, et l'on commençait à se retrouver ; les débris de la société de Mme de B. se réunirent autour d'elle, et je vis avec peine le cercle de ses amis s'augmenter. Ma position était si fausse dans le monde, que plus la société rentrait dans son ordre naturel, plus je m'en sentais dehors. Toutes les fois que je voyais arriver chez Mme de B. des personnes qui n'y étaient pas encore venues, j'éprouvais un nouveau tourment. L'expression de surprise mêlée de dédain que j'observais sur leur physionomie, commençait à me troubler ; j'étais sûre d'être bientôt l'objet d'un aparté dans l'embrasure de la fenêtre, ou d'une conversation à voix basse : car il fallait bien se faire expliquer comment une négresse était admise dans la société intime de Mme de B. Je souffrais le martyre pendant ces éclaircissements ; j'aurais voulu être transportée dans ma patrie barbare, au milieu des sauvages qui l'habitent, moins à craindre pour moi que cette société cruelle qui me rendait responsable du mal qu'elle seule avait fait. J'étais poursuivie, plusieurs jours de suite, par le souvenir de cette physionomie dédaigneuse ; je la voyais en rêve, je la voyais à chaque instant ; elle se plaçait devant moi comme ma propre image. Hélas ! elle était celle des chimères dont je me laissais obséder ! Vous ne m'aviez pas encore appris, ô mon Dieu ! à conjurer ces fantômes ; je ne savais pas qu'il n'y a de repos qu'en vous.

À présent, c'était dans le cœur de Charles que je cherchais un abri ; j'étais fière de son amitié, je l'étais encore plus de ses vertus ; je l'admirais comme ce que je connaissais de plus parfait sur la terre. J'avais cru autrefois aimer Charles comme un frère ; mais depuis que j'étais toujours souffrante, il me semblait que j'étais vieillie, et que ma tendresse pour lui ressemblait plutôt à celle d'une mère. Une mère, en effet, pouvait seule éprouver ce désir passionné de son bonheur, de ses succès ; j'aurais volontiers donné ma vie pour lui épargner un moment de peine. Je voyais bien avant lui l'impression qu'il produisait sur les autres ; il était assez heureux pour ne s'en pas soucier : c'est tout simple ; il n'avait rien à en redouter, rien ne lui avait donné cette inquiétude habituelle que j'éprouvais sur les pensées des autres ; tout était harmonie dans son sort, tout était désaccord dans le mien.

Un matin, un ancien ami de Mme de B. vint chez elle ; il était chargé d'une proposition de mariage pour

Charles : Mlle de Thémines était devenue, d'une manière bien cruelle, une riche héritière ; elle avait perdu le même jour, sur l'échafaud, sa famille entière ; il ne lui restait plus qu'une grande tante, autrefois religieuse, et qui, devenue tutrice de Mlle de Thémines, regardait comme un devoir de la marier, et voulait se presser, parce qu'ayant plus de quatre-vingts ans, elle craignait de mourir et de laisser ainsi sa nièce seule et sans appui dans le monde. Mlle de Thémines réunissait tous les avantages de la naissance, de la fortune et de l'éducation ; elle avait seize ans ; elle était belle comme le jour : on ne pouvait hésiter. Mme de B. en parla à Charles, qui d'abord fut un peu effrayé de se marier si jeune : bientôt il désira voir Mlle de Thémines ; l'entrevue eut lieu, et alors il n'hésita plus. Anaïs de Thémines possédait en effet tout ce qui pouvait plaire à Charles ; jolie sans s'en douter, et d'une modestie si tranquille, qu'on voyait qu'elle ne devait qu'à la nature cette charmante vertu. Mme de Thémines permit à Charles d'aller chez elle, et bientôt il devint passionnément amoureux. Il me racontait les progrès de ses sentiments : j'étais impatiente de voir cette belle Anaïs, destinée à faire le bonheur de Charles. Elle vint enfin à Saint-Germain ; Charles lui avait parlé de moi ; je n'eus point à supporter d'elle ce coup d'œil dédaigneux et scrutateur qui me faisait toujours tant de mal : elle avait l'air d'un ange de bonté. Je lui promis qu'elle serait heureuse avec Charles ; je la rassurai sur sa jeunesse, je lui dis qu'à vingt et un ans il avait la raison solide d'un âge bien plus avancé. Je répondis à toutes ses questions : elle m'en fit beaucoup, parce qu'elle savait que je connaissais Charles depuis son enfance ; et il m'était si doux d'en dire du bien, que je ne me lassais pas d'en parler.

Les arrangements d'affaires retardèrent de quelques semaines la conclusion du mariage. Charles continuait à aller chez Mme de Thémines, et souvent il restait à Paris deux ou trois jours de suite : ces absences m'affligeaient, et j'étais mécontente de moi-même, en voyant que je préférais mon bonheur à celui de Charles ; ce n'est pas ainsi que j'étais accoutumée à aimer. Les jours où il revenait, étaient des jours de fête ; il me racontait ce qui l'avait occupé ; et s'il avait fait quelques progrès dans le cœur d'Anaïs, je m'en réjouissais avec lui. Un jour pourtant il me parla de la manière dont il voulait vivre avec elle : « Je veux obtenir toute sa confiance, me dit-il, et lui donner toute la mienne ; je ne lui cacherai rien, elle saura toutes mes pensées, elle connaîtra tous les mouvements secrets de mon cœur ; je veux qu'il y ait entre elle et moi une confiance comme la nôtre, Ourika. » Comme la nôtre ! Ce mot me fit mal, il me rappela que Charles ne savait pas le seul secret de ma vie, et il m'ôta le désir de le lui confier. Peu à peu les absences de Charles devinrent plus longues ; il n'était presque plus à Saint-Germain que des instants ; il venait à cheval pour mettre moins de temps en chemin, il retournait l'après-dînée à Paris ; de sorte que tous les soirs se passaient sans lui. Mme de B. plaisantait souvent de ces longues absences ; j'aurais bien voulu faire comme elle !

Un jour, nous nous promenions dans la forêt. Charles avait été absent presque toute la semaine : je l'aperçus tout à coup à l'extrémité de l'allée où nous marchions ; il venait à cheval, et très vite. Quand il fut près de l'endroit où nous étions, il sauta à terre et se mit à se promener avec nous : après quelques minutes de conversation générale, il resta en arrière avec moi, et nous recommençâmes à causer comme autrefois ; j'en fis la remarque. « Comme autrefois ! s'écria-t-il ; ah ! quelle différence ! avais-je donc quelque chose à dire dans ce temps-là ? Il me semble que je n'ai commencé à vivre que depuis deux mois. Ourika, je ne vous dirai jamais ce que j'éprouve pour elle ! Quelquefois je crois sentir que mon âme tout entière va passer dans la sienne. Quand elle me regarde, je ne respire plus ; quand elle rougit, je voudrais me prosterner à ses pieds pour l'adorer. Quand je pense que je vais être le protecteur de cet ange, qu'elle me confie sa vie, sa destinée ; ah ! que je suis glorieux de la mienne ! Que je la rendrai heureuse ! Je serai pour elle le père, la mère qu'elle a perdus : mais je serai aussi son mari, son amant ! Elle me donnera son premier amour ; tout son cœur s'épanchera dans le mien ; nous vivrons de la même vie, et je ne veux pas que, dans le cours de nos longues années, elle puisse dire qu'elle ait passé une heure sans être heureuse. Quelles délices, Ourika, de penser qu'elle sera la mère de mes enfants, qu'ils puiseront la vie dans le sein d'Anaïs ! Ah ! ils seront doux et beaux comme elle ! Qu'ai-je fait, ô Dieu ! pour mériter tant de bonheur ! »

Hélas ! j'adressais en ce moment au ciel une question toute contraire ! Depuis quelques instants, j'écoutais ces paroles passionnées avec un sentiment indéfinissable. Grand Dieu ! vous êtes témoin que j'étais heureuse du bonheur de Charles : mais pourquoi avez-vous donné la vie à la pauvre Ourika ? pourquoi n'est-elle pas morte sur ce bâtiment négrier d'où elle fut arrachée, ou sur le sein de sa mère ? Un peu de sable d'Afrique eût recouvert son corps, et ce fardeau eût été bien léger ! Qu'importait au monde qu'Ourika vécût ? Pourquoi était-elle condamnée à la vie ? C'était donc pour vivre seule, toujours seule, jamais aimée ! Ô mon Dieu, ne le permettez pas ! Retirez de la terre la pauvre Ourika ! Personne n'a besoin d'elle : n'est-elle pas seule dans la vie ? Cette affreuse pensée me saisit avec plus de violence qu'elle n'avait encore fait. Je me sentis fléchir, je tombai sur les genoux, mes yeux se fermèrent, et je crus que j'allais mourir.

En achevant ces paroles, l'oppression de la pauvre religieuse parut s'augmenter ; sa voix s'altéra, et quelques larmes coulèrent le long de ses joues flétries. Je voulus l'engager à suspendre son récit ; elle s'y refusa. « Ce n'est rien, me dit-elle ; maintenant le chagrin ne dure pas dans mon cœur : la racine en est coupée. Dieu a eu pitié de moi ; il m'a retirée lui-même de cet abîme où je n'étais tombée que faute de le connaître et de l'aimer. N'oubliez donc pas que je suis heureuse : mais, hélas ! ajouta-t-elle, je ne l'étais point alors. »

Jusqu'à l'époque dont je viens de vous parler, j'avais supporté mes peines ; elles avaient altéré ma santé, mais j'avais conservé ma raison et une sorte d'empire sur moi-même : mon chagrin, comme le ver qui dévore le fruit, avait commencé par le cœur ; je portais dans mon sein le germe de la destruction, lorsque tout était encore plein de vie au-dehors de moi. La conversation me plaisait, la discussion m'animait ; j'avais même conservé une sorte de gaieté d'esprit ; mais j'avais perdu les joies du cœur. Enfin jusqu'à l'époque dont je viens de vous parler, j'étais plus forte que mes peines ; je sentais qu'à présent mes peines seraient plus fortes que moi.

Charles me rapporta dans ses bras jusqu'à la maison ; là tous les secours me furent donnés, et je repris connaissance. En ouvrant les yeux, je vis Mme de B. à côté de mon lit ; Charles me tenait une main ; ils m'avaient soignée eux-mêmes, et je vis sur leurs visages un mélange d'anxiété et de douleur qui pénétra jusqu'au fond de mon âme : je sentis la vie revenir en moi ; mes pleurs coulèrent. Mme de B. les essuyait doucement ; elle ne me disait rien, elle ne me faisait point de questions : Charles m'en accabla. Je ne sais ce que je lui répondis ; je donnai pour cause à mon accident le chaud, la longueur de la promenade : il me crut, et l'amertume rentra dans mon âme en voyant qu'il me croyait : mes larmes se séchèrent ; je me dis qu'il était donc bien facile de tromper ceux dont l'intérêt était ailleurs ; je retirai ma main qu'il tenait encore, et je cherchai à paraître tranquille. Charles partit, comme de coutume, à cinq heures ; j'en fus blessée ; j'aurais voulu qu'il fût inquiet de moi : je souffrais tant ! Il serait parti de même, je l'y aurais forcé ; mais je me serais dit qu'il me devait le bonheur de sa soirée, et cette pensée m'eût consolée. Je me gardai bien de montrer à Charles ce mouvement de mon cœur ; les sentiments délicats ont une sorte de pudeur ; s'ils ne sont devinés, ils sont incomplets : on dirait qu'on ne peut les éprouver qu'à deux.

À peine Charles fut-il parti, que la fièvre me prit avec une grande violence ; elle augmenta les deux jours suivants. Mme de B. me soignait avec sa bonté accoutumée ; elle était désespérée de mon état, et de l'impossibilité de me faire transporter à Paris, où le mariage de Charles l'obligeait à se rendre le lendemain. Les médecins dirent à Mme de B. qu'ils répondaient de ma vie si elle me laissait à Saint-Germain ; elle s'y résolut, et elle me montra en partant une affection si tendre, qu'elle calma un moment mon cœur. Mais après son départ, l'isolement complet, réel, où je me trouvais pour la première fois de ma vie, me jeta dans un profond désespoir ; je voyais se réaliser cette situation que mon imagination s'était peinte tant de fois ; je mourais loin de ce que j'aimais, et mes tristes gémissements ne parvenaient pas même à leurs oreilles : hélas ! ils eussent troublé leur joie. Je les voyais s'abandonnant à toute l'ivresse du bonheur, loin d'Ourika mourante. Ourika n'avait qu'eux dans la vie ; mais eux n'avaient pas besoin d'Ourika : personne n'avait besoin d'elle ! Cet affreux sentiment de l'inutilité de l'existence, est celui qui déchire le plus profondément le cœur : il me donna un tel dégoût de la vie, que je souhaitai sincèrement mourir de la maladie dont j'étais attaquée. Je ne parlais pas, je ne donnais presque aucun signe de connaissance, et cette seule pensée était bien distincte en moi : *je voudrais mourir*. Dans d'autres moments, j'étais plus agitée ; je me rappelais tous les mots de cette dernière conversation que j'avais eue avec Charles dans la forêt ; je le voyais nageant dans cette mer de délices qu'il m'avait dépeinte, tandis que je mourais abandonnée, seule dans la mort comme dans la vie. Cette idée me donnait une irritation plus pénible encore que la douleur. Je me créais des chimères pour satisfaire à ce nouveau sentiment ; je me représentais Charles arrivant à Saint-Germain ; on lui disait : Elle est morte. Eh bien ! le croiriez-vous ? je jouissais de sa douleur ; elle me vengeait ; et de quoi ? grand Dieu ! de ce qu'il avait été l'ange protecteur de ma vie ! Cet affreux sentiment me fit bientôt horreur ; j'entrevis que si la douleur n'était pas une faute, s'y livrer comme je le faisais pouvait être criminel. Mes idées prirent alors un autre cours ; j'essayai de me vaincre, de trouver en moi-même une force pour combattre les sentiments qui m'agitaient ; mais je ne la cherchais point cette force où elle était, et je me fis honte de mon ingratitude. Je mourrai, me disais-je, je veux mourir ; mais je ne veux pas laisser les passions haineuses approcher de mon cœur. Ourika est un enfant déshérité ; mais l'innocence lui reste : je ne la laisserai pas se flétrir en moi par l'ingratitude. Je passerai sur la terre comme une ombre ; mais, dans le tombeau, j'aurai la paix. Ô mon Dieu ! ils sont déjà bien heureux : eh bien ! donnez-leur encore la part d'Ourika, et laissez-la mourir comme une feuille tombe en automne. N'ai-je donc pas assez souffert ?

Je ne sortis de la maladie qui avait mis ma vie en danger, que pour tomber dans un état de langueur où le chagrin avait beaucoup de part. Mme de B. s'établit à Saint-Germain après le mariage de Charles ; il y venait souvent, accompagné d'Anaïs, jamais sans elle. Je souffrais toujours davantage quand ils étaient là. Je ne sais si l'image du bonheur me rendait plus sensible ma propre infortune, ou si la présence de Charles réveillait le souvenir de notre ancienne amitié ; je cherchais quelquefois à le retrouver, et je ne le reconnaissais plus. Il me disait pourtant à peu près tout ce qu'il me disait autrefois : mais son amitié présente ressemblait à son amitié passée, comme la fleur artificielle ressemble à la fleur véritable : c'est la même chose, hors la vie et le parfum.

Charles attribuait au dépérissement de ma santé le changement de mon caractère ; je crois que Mme de B. jugeait mieux le triste état de mon cœur, qu'elle devinait mes tourments secrets, et qu'elle en était vivement affligée : mais le temps n'était plus où je consolais les autres ; je n'avais plus pitié que de moi-même.

Anaïs devint grosse, et nous retournâmes à Paris : ma tristesse augmentait chaque jour. Ce bonheur intérieur si paisible, ces liens de famille si doux, cet amour dans l'innocence toujours aussi tendre, aussi passionné ; quel spectacle pour une malheureuse destinée à passer sa triste vie dans l'isolement ! à mourir sans avoir été aimée, sans avoir connu d'autres liens que ceux de la dépendance et de la pitié ! Les jours, les mois se passaient ainsi ; je ne prenais part à aucune conversation, j'avais abandonné tous mes talents ; si je supportais quelques lectures, c'étaient celles où je croyais retrouver la peinture imparfaite des chagrins qui me dévoraient. Je m'en faisais un nouveau poison, je m'enivrais de mes larmes ; et, seule dans ma chambre pendant des heures entières, je m'abandonnais à ma douleur.

La naissance d'un fils mit le comble au bonheur de Charles ; il accourut pour me le dire, et dans les transports de sa joie, je reconnus quelques accents de son ancienne confiance. Qu'ils me firent mal ! Hélas ! ils m'apparaissaient comme le fantôme de l'ami que je n'avais plus ! et tout le passé venait, avec lui, déchirer de nouveau ma plaie.

L'enfant de Charles était beau comme Anaïs ; le tableau de cette jeune mère avec son fils touchait tout le monde : moi seule, par un sort bizarre, j'étais condamnée à le voir avec amertume ; mon cœur dévorait cette image d'un bonheur que je ne devais jamais connaître, et l'envie, comme le vautour, se nourrissait dans mon sein. Qu'avais-je fait à ceux qui crurent me sauver en m'amenant sur cette terre d'exil ? Pourquoi ne me laissait-on pas suivre mon sort ? Eh bien ! je serais la négresse esclave de quelque riche colon ; brûlée par le soleil, je cultiverais la terre d'un autre : mais j'aurais mon humble cabane pour me retirer le soir ; j'aurais un compagnon de ma vie, et des enfants de ma couleur, qui m'appelleraient leur mère. Ils appuieraient sans dégoût leur petite bouche sur mon front ; ils reposeraient leur tête sur mon cou, et s'endormiraient dans mes bras ! Qu'ai-je fait pour être condamnée à n'éprouver jamais les affections pour lesquelles seules mon cœur est créé ! Ô mon Dieu ! ôtez-moi de ce monde : je sens que je ne puis plus supporter la vie.

À genoux dans ma chambre, j'adressais au Créateur cette prière impie, quand j'entendis ouvrir ma porte : c'était l'amie de Mme de B., la marquise de ..., qui était revenue depuis peu d'Angleterre, où elle avait passé plusieurs années. Je la vis avec effroi arriver près de moi ; sa vue me rappelait toujours que, la première, elle m'avait révélé mon sort ; qu'elle m'avait ouvert cette mine de douleurs où j'avais tant puisé. Depuis qu'elle était à Paris, je ne la voyais qu'avec un sentiment pénible.

« Je viens vous voir et causer avec vous, ma chère Ourika, me dit-elle. Vous savez combien je vous aime depuis votre enfance, et je ne puis voir, sans une véritable peine, la mélancolie dans laquelle vous vous plongez. Est-il possible, avec l'esprit que vous avez, que vous ne sachiez pas tirer un meilleur parti de votre situation ? – L'esprit, Madame, lui répondis-je, ne sert guère qu'à augmenter les maux véritables ; il les fait voir sous tant de formes diverses ! – Mais reprit-elle, lorsque les maux sont sans remède, n'est-ce pas une folie de refuser de s'y soumettre, et de lutter ainsi contre la nécessité ? car enfin, nous ne sommes pas les plus forts. – Cela est vrai, dis-je ; mais il semble que, dans ce cas, la nécessité est un mal de plus. – Vous conviendrez pourtant, Ourika, que la raison conseille alors de se résigner et de se distraire. – Oui, Madame ; mais, pour se distraire, il faut entrevoir ailleurs l'espérance. – Vous pourriez du moins vous faire des goûts et des occupations pour remplir votre temps. – Ah ! Madame, les goûts qu'on se fait sont un effort, et ne sont pas un plaisir. – Mais, dit-elle encore, vous êtes remplie de talents. – Pour que les talents soient une ressource, Madame, lui répondis-je, il faut se proposer un but ; mes talents seraient comme la fleur du poète anglais, qui perdait son parfum dans le désert [1]. – Vous oubliez vos amis qui en jouiraient. – Je n'ai point d'amis, Madame ; j'ai des protecteurs, et cela est bien différent ! – Ourika, dit-elle, vous vous rendez bien malheureuse, et bien inutilement. – Tout est inutile dans ma vie, Madame, même la douleur. – Comment pouvez-vous prononcer un mot si amer, vous, Ourika, qui vous êtes montrée si dévouée, lorsque vous restiez seule à Mme de B. pendant la Terreur ? – Hélas ! Madame, je suis comme ces génies malfaisants qui n'ont de pouvoir que dans les temps de calamités, et que le bonheur fait fuir. – Confiez-moi votre secret, ma chère Ourika ; ouvrez-moi votre cœur ; personne ne prend à vous plus d'intérêt que moi, et peut-être que je vous ferai du bien. – Je n'ai point de secret, Madame, lui répondis-je ; ma position et ma couleur sont tout mon mal, vous le savez. – Allons donc, reprit-elle, pouvez-vous nier que vous renfermez au fond de votre âme une grande peine ? Il ne faut que vous voir un instant pour en être sûr. » Je persistai à lui dire ce que je lui avais déjà dit ; elle s'impatienta, éleva la voix ; je vis que l'orage allait éclater. « Est-ce là votre bonne foi, dit-elle ? cette sincérité pour laquelle on vous vante ? Ourika, prenez-y garde ; la réserve quelquefois conduit à la fausseté. – Eh ! que pourrais-je vous confier, Madame, lui dis-je, à vous surtout qui, depuis si longtemps avez prévu quel serait le malheur de ma situation ? À vous, moins qu'à personne, je n'ai rien de nouveau à dire là-dessus.

1. Thomas Gray, *Elegy Written in a Country Churchyard* (1751), v. 55-56 : « Born to blush unseen /And waste its sweetness in the desert air ».

– C'est ce que vous ne me persuaderez jamais, répliqua-t-elle : mais puisque vous me refusez votre confiance, et que vous assurez que vous n'avez point de secret, eh bien ! Ourika, je me chargerai de vous apprendre que vous en avez un. Oui, Ourika, tous vos regrets, toutes vos douleurs ne viennent que d'une passion malheureuse, d'une passion insensée ; et si vous n'étiez pas folle d'amour pour Charles, vous prendriez fort bien votre parti d'être négresse. Adieu, Ourika, je m'en vais, et, je vous le déclare, avec bien moins d'intérêt pour vous que je n'en avais apporté en venant ici. » Elle sortit en achevant ces paroles. Je demeurai anéantie. Que venait-elle de me révéler ! Quelle lumière affreuse avait-elle jetée sur l'abîme de mes douleurs ! Grand Dieu ! c'était comme la lumière qui pénétra une fois au fond des enfers, et qui fit regretter les ténèbres à ses malheureux habitants. Quoi ! j'avais une passion criminelle ! c'est elle qui, jusqu'ici, dévorait mon cœur ! Ce désir de tenir ma place dans la chaîne des êtres, ce besoin des affections de la nature, cette douleur de l'isolement, c'étaient les regrets d'un amour coupable, et lorsque je croyais envier l'image du bonheur, c'est le bonheur lui-même qui était l'objet de mes vœux impies ! Mais qu'ai-je donc fait pour qu'on puisse me croire atteinte de cette passion sans espoir ? Est-il donc impossible d'aimer plus que sa vie avec innocence ? Cette mère qui se jeta dans la gueule du lion pour sauver son fils, quel sentiment l'animait ? Ces frères, ces sœurs qui voulurent mourir ensemble sur l'échafaud, et qui priaient Dieu avant d'y monter, était-ce donc un amour coupable qui les unissait ? L'humanité seule ne produit-elle pas tous les jours des dévouements sublimes ? Pourquoi donc ne pourrais-je aimer ainsi Charles, le compagnon de mon enfance, le protecteur de ma jeunesse ?... Et cependant, je ne sais quelle voix crie au fond de moi-même qu'on a raison, et que je suis criminelle. Grand Dieu ! je vais donc recevoir aussi le remords dans mon cœur désolé ! Il faut qu'Ourika connaisse tous les genres d'amertume, qu'elle épuise toutes les douleurs ! Quoi ! mes larmes désormais seront coupables ! il me sera défendu de penser à lui ! quoi ! je n'oserai plus souffrir !

Ces affreuses pensées me jetèrent dans un accablement qui ressemblait à la mort. La même nuit, la fièvre me prit, et, en moins de trois jours, on désespéra de ma vie : le médecin déclara que, si l'on voulait me faire recevoir mes sacrements, il n'y avait pas un instant à perdre. On envoya chercher mon confesseur ; il était mort depuis peu de jours. Alors Mme de B. fit avertir un prêtre de la paroisse ; il vint et m'administra l'extrême-onction, car j'étais hors d'état de recevoir le viatique ; je n'avais aucune connaissance, et on attendait ma mort à chaque instant. C'est sans doute alors que Dieu eut pitié de moi ; il commença par me conserver la vie : contre toute attente, mes forces se soutinrent. Je luttai ainsi environ quinze jours ; ensuite la connaissance me revint. Mme de B. ne me quittait pas, et Charles paraissait avoir retrouvé pour moi son ancienne affection. Le prêtre continuait à venir me voir chaque jour, car il voulait profiter du premier moment pour me confesser : je le désirais moi-même ; je ne sais quel mouvement me portait vers Dieu, et me donnait le besoin de me jeter dans ses bras et d'y chercher le repos. Le prêtre reçut l'aveu de mes fautes : il ne fut point effrayé de l'état de mon âme ; comme un vieux matelot, il connaissait toutes ces tempêtes. Il commença par me rassurer sur cette passion dont j'étais accusée : « Votre cœur est pur, me dit-il : c'est à vous seule que vous avez fait du mal ; mais vous n'en êtes pas moins coupable. Dieu vous demandera compte de votre propre bonheur qu'il vous avait confié ; qu'en avez-vous fait ? Ce bonheur était entre vos mains, car il réside dans l'accomplissement de nos devoirs ; les avez-vous seulement connus ? Dieu est le but de l'homme : quel a été le vôtre ? Mais ne perdez pas courage ; priez Dieu, Ourika : il est là, il vous tend les bras ; il n'y a pour lui ni nègres ni blancs : tous les cœurs sont égaux devant ses yeux, et le vôtre mérite de devenir digne de lui. » C'est ainsi que cet homme respectable encourageait la pauvre Ourika. Ces paroles simples portaient dans mon âme je ne sais quelle paix que je n'avais jamais connue ; je les méditais sans cesse, et, comme d'une mine féconde, j'en tirais toujours quelque nouvelle réflexion. Je vis qu'en effet je n'avais point connu mes devoirs : Dieu en a prescrit aux personnes isolées comme à celles qui tiennent au monde ; s'il les a privées des liens du sang, il leur a donné l'humanité tout entière pour la famille. La sœur de la charité, me disais-je, n'est point seule dans la vie, quoiqu'elle ait renoncé à tout ; elle s'est créé une famille de choix ; elle est la mère de tous les orphelins, la fille de tous les pauvres vieillards, la sœur de tous les malheureux. Des hommes du monde n'ont-ils pas souvent cherché un isolement volontaire ? Ils voulaient être seuls avec Dieu ; ils renonçaient à tous les plaisirs pour adorer, dans la solitude, la source pure de tout bien et de tout bonheur ; ils travaillaient, dans le secret de leur pensée, à rendre leur âme digne de se présenter devant le Seigneur. C'est pour vous, ô mon Dieu ! qu'il est doux d'embellir ainsi son cœur, de le parer, comme pour un jour de fête, de toutes les vertus qui vous plaisent. Hélas ! qu'avais-je fait ? Jouet insensé des mouvements involontaires de mon âme, j'avais couru après les jouissances de la vie, et j'en avais négligé le bonheur. Mais il n'est pas encore trop tard ; Dieu, en me jetant sur cette terre étrangère, voulut peut-être me prédestiner à lui ; il m'arracha à la barbarie, à l'ignorance, par un miracle de sa bonté ; il me déroba aux vices de l'esclavage, et me fit connaître sa loi. Cette loi me montre tous mes devoirs ; elle m'enseigne ma route : je la suivrai, ô mon Dieu ! je ne me servirai plus de vos bienfaits pour vous offenser, je ne vous accuserai plus de mes fautes.

Ce nouveau jour sous lequel j'envisageai ma position fit rentrer le calme dans mon cœur. Je m'étonnais de la paix qui succédait à tant d'orages : on avait ouvert une issue à ce torrent qui dévastait ses rivages, et maintenant il portait ses flots apaisés dans une mer tranquille.

Je me décidai à me faire religieuse. J'en parlai à Mme de B. ; elle s'en affligea, mais elle me dit : « Je vous ai fait tant de mal en voulant vous faire du bien, que je ne me sens pas le droit de m'opposer à votre résolution. » Charles fut plus vif dans sa résistance ; il me pria, il me conjura de rester ; je lui dis : Laissez-moi aller, Charles, dans le seul lieu où il me soit permis de penser sans cesse à vous......

Ici, la jeune religieuse finit brusquement son récit. Je continuai à lui donner des soins : malheureusement ils furent inutiles ; elle mourut à la fin d'octobre ; elle tomba avec les dernières feuilles de l'automne.

FIN

CHRONOLOGIE

1777 (27 février) : Claire Louise Rose Bonne voit le jour à Brest. Elle est l'enfant unique d'Armand Guy Simon de Coëtnempren, conte de Kersaint, officier de marine issu d'une ancienne famille de la noblesse bretonne, et de Claire Louise Françoise de Paul d'Alesso d'Éragny, riche héritière originaire de la Martinique.

1789 : Claire est placée pendant deux ans au couvent de Panthémont, un des collèges pour jeunes filles les plus renommés de Paris.

1790 (18 octobre) : Le comte de Kersaint fonde la Société des Amis de la Constitution et de la Liberté et se lie aux Girondins. Il est membre de l'Assemblée législative, puis de la Convention.

1792 : Les parents de Claire se séparent. Le comte de Kersaint est nommé vice-amiral.

1793 (4 décembre) : Le comte de Kersaint, qui s'est opposé à l'exécution de Louis XVI, est condamné à mort par le tribunal révolutionnaire et, dès le jour suivant, monte à l'échafaud.

1794-1795 : Claire et sa mère se rendent à Philadelphie, puis en Martinique afin d'y récupérer la fortune maternelle. Revenues en Europe, elles rejoignent en Suisse une parente proche, Mme d'Ennery, et, en avril 1795, s'installent toutes les trois à Londres.

1797 (27 novembre) : Claire épouse Amédée Bretagne-Malo de Durfort (1771-1838), marquis puis duc de Duras, premier gentilhomme de la Chambre du roi, charge qu'il exerce auprès de Louis XVIII en exil.

1798 (19 juillet) : Naissance à Teddington de Claire Louise Augustine Félicie Maclovie, surnommée Félicie.

1799 (25 septembre) : Naissance à Teddington de Claire Henriette Philippine Benjamine, surnommée Clara.

1800 : Mme de Duras se rend en France en compagnie de sa fille Félicie pour faire rayer sa mère de la liste des émigrés, réclamer les biens de son père et rencontrer sa belle-mère, restée à Paris pendant la Révolution.

1806 : Mme de Duras est atteinte des premiers symptômes de la tuberculose.

1807 : Les Duras achètent le château d'Ussé, en Touraine, et l'année suivante ils se réinstallent en France.

1808 : Début de son amitié avec Chateaubriand.

1813 (30 septembre) : Félicie épouse Charles Léopold Henri de La Trémoille, prince de Talmont.

1814 : Avec la restauration de la monarchie, le duc de Duras, qui exerce désormais sa charge de premier gentilhomme de la Chambre du roi au Louvre, dispose d'un appartement de fonction aux Tuileries et d'un autre à Saint-Cloud, et siège à la Chambre des pairs. La duchesse tient donc salon au pavillon de Flore ainsi que chez elle, rue de Varenne.

1815 (mai-juin) : Pendant les Cent-Jours, les Duras suivent Louis XVIII en Belgique, où la mère de Claire meurt.

1817 (30 août) : Clara épouse Henri Louis comte de Chastellux, fait duc de Rauzun après son mariage. Félicie, qui en 1815 est devenue veuve, épouse, contre la volonté de sa mère, Auguste de Vergier, comte de La Rochejaquelein, et s'identifie entièrement à la cause des ultras légitimistes.

1821-1822 : À la suite d'une grave crise de dépression, Mme de Duras connaît une intense – bien que courte – saison de créativité littéraire. Après avoir rassemblé des *Pensées de Louis XIV*, qui paraîtront en 1827, elle rédige *Ourika*, *Édouard* et *Olivier ou le Secret*, dont elle donne lecture dans son salon, ainsi que plusieurs autres récits (*Le Moine de Saint-Bernard*, *Mémoires de Sophie*, *Le Paria*, *Amélie et Pauline*), qui sont inédits à ce jour.

1823-1824 : Claire se décide à faire imprimer *Ourika* dans une édition hors commerce, puis chez le libraire Ladvocat.

1825 : *Édouard* est publié, d'abord sous forme privée puis chez Ladvocat.

1826 (janvier) : Henri de Latouche publie un roman anonyme intitulé *Olivier*, en faisant croire qu'il s'agit du livre de

Mme de Duras, dont ce n'est en réalité qu'un plagiat. La duchesse dément immédiatement en être l'auteur mais, redoutant le scandale, elle renonce à tout projet de publication.

Août : Depuis longtemps de santé médiocre, Mme de Duras est frappée d'hémiplégie.

1827 (juillet) : Dans l'espoir de recouvrer la santé, la duchesse se rend à Nice, mais le changement de climat n'entraîne aucune amélioration, et ses souffrances s'aggravent.

1828 (16 janvier) : Veillée par ses deux filles, Mme de Duras s'éteint à Nice.

BIBLIOGRAPHIE

Sur Mme de Duras

Prospère BRUGIÈRE, baron de Barante, *Notice sur la duchesse de Duras décédée à Nice, le 16 janvier*, par P. de Barante, Paris, Imprimerie de Porthmann, 1828.

STENDHAL, nécrologie de la duchesse de Duras dans le *New Monthly Magazine* de mai 1828, in *Chroniques pour l'Angleterre : contribution à la presse britannique*, textes choisis et commentés par K.G. McWatters, traduction et annotations par R. Dénier, Grenoble, Ellug, 1993, t. VII, 1827-1829, p. 851-853.

Charles Augustin SAINTE-BEUVE, *Madame de Duras*, in *Portraits de femmes* (juin 1834), édition présentée, établie et annotée par Gérald Antoine, Gallimard, « Folio classique », 1998, p. 104-124

Abel François VILLEMAIN, souvenirs sur Madame de Duras, *De M. de Feletz et de quelques salons de son temps*, in *Souvenirs contemporains d'histoire et de littérature*, Didier, 1854, p. 460-463.

Agénor BARDOUX, *La Duchesse de Duras*, Calmann-Lévy, « Études sociales et politiques », 1898.

Gabriel PAILHÈS, *La Duchesse de Duras et Chateaubriand d'après des documents inédits*, Perrin, 1910.

Gilbert STENGER, *La Duchesse de Duras*, in *Grandes Dames du XIXe siècle, chronique du temps de la Restauration*, Perrin, 1911, p. 77-104.

Juliette DECREUS-VAN LIEFLAND, *Sainte-Beuve et la critique des auteurs féminins*, Bovin, 1949.

Denise VIRIEUX, « Introduction » à Madame de Duras, *Olivier ou le Secret*, texte inédit établi, présenté et commenté par D. Virieux, José Corti, 1971, p. 11-103.

Grant CRICHFIELD, *Three Novels of Madame de Duras : Ourika, Édouard, Olivier*, La Haye-Paris, Mouton, 1975.

Ivana ROSI, « Il gioco del doppio senso nei romanzi di Madame de Duras », *Rivista di Letterature moderne e comparate*, 40, II (1987), p. 139-159.

Ivana ROSI, « La rivoluzione interiore », *Saggi e ricerche di letteratura francese*, vol. 27, nouvelle série, 1988, p. 181-209.

Richard BOLSTER, « Stendhal, Mme de Duras et la tradition sentimentale », *Studi Francesi*, 106, année XXXVI, fascicule I, janvier-avril 1992, p. 301-306.

Renée WINEGARTEN, « Women and politics : Madame de Duras », *New Criterion*, novembre 2000, vol. 19, n° 3, p. 21-28.

Chantal BERTRAND-JENNINGS, *D'un siècle l'autre. Romans de Claire de Duras*, Jaignes, La Chasse au Snark, 2001.

Chantal BERTRAND-JENNINGS, *Un autre mal du siècle. Le romantisme des romancières, 1800-1846*, Toulouse, Presses universitaires du Mirail, 2005.

Sur ses rapports avec Chateaubriand, voir :

François René DE CHATEAUBRIAND, *Mémoires d'outre-tombe*, édition établie par Maurice Levaillant et Georges Moulinier, Gallimard, « Bibliothèque de la Pléiade », 2 vol., 1951, et *Correspondance générale*, textes établis et annotés par Pierre Riberette, Gallimard, 7 vol., 1979-2004.

Victor GIRAUD, *Madame de Duras et Chateaubriand*, in *Passions et romans d'autrefois*, Édouard Champion, 1925, p. 41-106.

Marc FUMAROLI, « Préface » à Mme de Duras, *Ourika, Édouard, Olivier ou le Secret*, édition présentée, établie et annotée par Marie-Bénédicte Diethelm, Gallimard, « Folio classique », 2007.

Sur ses rapports avec Mme de Staël, voir :

Gabriel Paul OTHENIN, comte d'Haussonville, « La baronne de Staël et la duchesse de Duras », *Femmes d'autrefois, hommes d'aujourd'hui*, Perrin, 1912.

Sur ses rapports avec Mme Swetchine, voir :

Madame Swetchine. Sa vie et ses œuvres publiées par le comte de Falloux, 2 vol., Paris, 1908, vol. 1.

On trouvera des informations et des remarques sur Mme de Duras chez d'innombrables mémorialistes contemporains. Nous nous bornerons à rappeler ici : *Mémoires de la duchesse d'Abrantès* ; *Les Salons de Paris* de Virginie Ancelot ; *Souvenirs d'une Anglaise* de Fanny d'Arblay ; *Voyages de Miss Berry à Paris, 1782-1836* ; *L'Année 1817* d'Edmond Biré ; *Mémoires de la comtesse de Boigne* ; *Souvenirs du chevalier de Cussy* ; *Souvenirs et portraits du marquis de Custine* ; *Mémoires de la comtesse Dash* ; *Mémoires de Mme de Genlis* ; *Journal de Delécluze, 1824-1828* ; *Diorama social de Paris* de Piotr Kozlovski ; *Journal d'une femme de cinquante ans* de la marquise de La Tour du Pin ; *Souvenirs des deux Restaurations de la duchesse de Maillé* ; *Mon journal* de la marquise de Montcalm ; *Souvenirs de la baronne de Montet* ; *Souvenirs du vicomte de Reiset* ; *Life, Letters and Journals of George Ticknor.*

Œuvres de Mme de Duras

Ourika, 1 vol. in 12°, Ladvocat, 1824.

Édouard, 2 vol. in 12°, Ladvocat, 1825.

Pensées de Louis XIV extraites de ses ouvrages et de ses lettres manuscrites, 1 vol. in 16°, Passard, 1827.

Réflexions et prières inédites, Debécourt, 1839.

Olivier ou le Secret, texte inédit établi, présenté et commenté par Denise Virieux, José Corti, 1971.

Pour un point sur les manuscrits et les œuvres encore inédites, voir l'« Introduction » et le riche appareil critique dans *Ourika. Édouard. Olivier ou le Secret*, édition présentée, établie et annotée par Marie-Bénédicte Diethelm, Gallimard, « Folio classique », 2007.

*Principales éditions d'*Ourika

Mme DE DURAS, *Ourika*, avec une notice de P. de Lescure, Librairie des Bibliophiles, 1878.

Mme DE DURAS, *Ourika* suivie de *Édouard*, préface de Jean Giraud, étude de Joë Bousquet, Librairie Stock, 1950.

Mme DE DURAS, *Ourika*, une édition féministe, préface de Claudine Herrmann, Des Femmes, 1979.

Mme DE DURAS, *Ourika* et *Édouard*, *Romans de femmes du XVIIIe siècle*, préface et introduction de Raymond Trousson, Robert Laffont, 1996.

Mme DE DURAS, *Ourika*, présentation et étude de Roger Little, nouvelle édition revue et augmentée, Exeter, University of Exeter Press, 1998 (1993).

Madame DE DURAS, *Ourika, Édouard, Olivier ou le Secret*, préface de Marc Fumaroli, édition présentée, établie et annotée par Marie-Bénédicte Diethelm, Gallimard, « Folio classique », 2007.

Études sur Ourika

STENDHAL, brève notice sur *Ourika*, *New Monthly Magazine*, juin 1824, in *Chroniques pour l'Angleterre : contribution à la presse britannique*, textes choisis et commentés par K.G. McWatters, traduction et annotations par R. Dénier, Grenoble, Ellug, 1993, t. XVII, p. 171-172.

Henry A. STAVAN, « Un exemple de wertherisme en France : *Ourika* et *Édouard* de la duchesse de Duras », *Revue de littérature comparée*, 41e année, n° 3, juillet-septembre 1967, p. 342-350.

Richard SWITZER, « Mme de Staël, Mme de Duras and the question of race », *Kentucky Romance Quarterly*, XX, 1973, p. 303-316.

Léon-François HOFFMANN, *Le Nègre romantique : personnage littéraire et obsession romanesque*, Payot, 1973, p. 223-227.

David O'CONNELL, « Ourika : black face, white mask », *Studies on the French Novel*, numéro spécial de *The French Review*, 6, printemps 1974, XLVII, p. 47-56.

Eva FONTANA, « *Ourika* o l'Amore Impossibile », préface à la traduction italienne d'*Ourika*, édition établie par E. Fontana, Pise, Giardini Editori, 1986, p. 7-31.

Lucien SCHELER, « Un *best-seller* sous Louis XVIII : *Ourika* par Madame de Duras », *Bulletin du bibliophile*, 1988, I, p. 11-28.

Michèle BISSIÈRE, « Union et désunion avec le père dans *Ourika* et *Édouard* de Claire de Duras », *Nineteenth-Century French Studies*, vol. 23, n° 3-4, printemps-été 1995, p. 316-323.

Anne CHAMAYOU, « *Ourika* ou les couleurs de la mémoire », in *Des Mémoires au roman : le roman de la mémoire*, « Cahiers Saint-Simon », Société Saint-Simon, n° 29, année 2001, p. 31-40.

Linda Marie ROUILLARD, « The black Galatea : Claire de Duras's *Ourika* », *Nineteenth-Century French studies*, vol. 32, n° 3-4, printemps-été 2004, p. 207-222.

TABLE

OURIKA

Cet ouvrage a été mis en pages par